世紀文庫
文學017

無人的遊樂園

黃雅歆　著

【序】

心底的遊樂園

黃雅歆

這本書所收錄的篇章，雖然大部分與旅地／旅途相關，但這並不是一本以旅行為主題的書。

輯一「我的電車河」跟個人的生命歷程與體悟有關；輯二「記憶的錯身」跟個人成長與人生記憶有關；輯三「這些人，那些人」與在旅地所遇見人事有關；輯四「風雨晴雪」跟自然天候所引發的心情感受與轉折有關。

隔了這麼多年才又出版新的散文集，但創作這件事在我生命中是一直存在著的。

曾經因為工作的關係，密集往返萬芳社區。我知道有一個少女時期就認識、現在已成為知名人物的朋友就住在這個社區，每次出入捷運站，都會一點一點的想起我們曾經交談過的種種。

我們的世界有一小部分重疊過，其餘都各自發展著自己的人生。重疊的世界是關於讀書和寫作，現在想起來，那部分也許是彼此會邁向不同人生的關鍵，而當時所認為自己義無反顧的選擇，其實是與生俱來的性格裡早就決定的了。

文學的閱讀與創作的熱情，從高中、大學，一路到研究所才漸漸浮現了衝突。在碩士時期的我們面臨未來的關鍵時刻：研究者？抑或創作者？

我們經常討論的是：「當一個研究李白的人，不如去當李白。」「如果當不成李白呢？」「研究者可以幫助大家深入了解李白的價值。」「如果李白的價值早就被說完了呢？」「即使當不成李白也沒關係吧，因為李白本來就只有一個。可以自己創造一種現象，研究者自然而然就必須跟在屁股後面追，無法去漠視。」……

雖然每個創作者都有屬於自己的驕傲，但那並不表示有絕對的自信，畢竟，二十多歲就要充分了解自己的極限與潛能是如此困難，我們只能一邊謹慎一邊大膽的去面對抉擇。

在彼此已奔赴不同人生的這麼多年後，偶發地想起這些點滴，我現在意識到，就一個創作者而言，我並不想做李白，不想被研究者「追逐」，也不想被消費，如果可以，只要作品被好好的閱讀。

我對於自己的人生「被記得」這件事沒什麼渴望，研究／評論者以一種既定的學術標準來對創作者「頤指氣使」，或各自形成或偏食的品味設定，創作者只能視而不見，唯有訴諸最純粹的創作初心與誠意，作品和人格才不會被自己扭曲成奇怪的樣子。

不過，有人認為能被討論至少代表有價值，我曾經也這麼想。但現在我愈來愈懷疑那些被寫進歷史的人，即使是好的，說不定也並不希望以那樣的內容被標記。更何況，這幾年來隨著社會的遽變，有的人忽然被平反，又忽然被貶抑，即使是歷史事件也一樣，譬如今昔國共和（論）壇，對照時空移轉、或研究者態度的隨機轉變，從活在當下的立場看，所謂歷史的評價不過是一場荒謬。那麼，我們只能在生命中自己尋找、建立值得信賴的永恆與快樂。

也許，寫作對我而言就存在這樣的意義。至少，比起「教學者我」令人厭煩，「研究者我」使人嚴肅，「創作者我」的自由彌足珍貴。

書名「無人的遊樂園」雖然來自於篇名，但創作其實就像我心底的、私人的遊樂園，而這本書中許多和記憶／地域／人事瞬間錯身，所引發的種種火花，在我心中獨自飛舞的姿態，也正是歡樂與沉默交錯的、無人的遊樂園。

我很高興以創作者的身分，在這座樂園裡與讀者見面。

無人的遊樂園

目次

輯二 記憶的錯身

輯三　這些人，那些人

輯四　風雨晴雪

輯一　我的電車河

我的電車河

我迷戀地上電車。之所以強調地上，是因為不包含地鐵。

我喜歡到有電車系統的城鎮，最初理所當然的是因為行動方便。雖然有人偏好租車旅行，我卻覺得勞神又麻煩，開車根本無法心神放鬆，車子又不能隨處「丟棄」，反而像個巨大行李，令人不自由。當然，這也使我侷限為「文明的」漫遊者，不過無所謂，其實我發現自己並不是對觀光活動充滿熱情的人，對積極開拓世界版圖的人生也不感興趣，出國只是想在不同文化裡過過「生活」而已。即使去東京不去都廳、去巴黎不上鐵塔、去舊金山不過大橋、去比利時不看尿尿小童……也沒什麼關係，不必為了要趕場去這些地方，被剝奪在當地過正常生活的時間與機會。

這件事應該在我學會出國時就要發現，但剛開始其實擺脫不了旅行的制約，要隨波逐流一陣，才逐漸建立起自己想要的模式。現在我已經厭倦跟人解釋為何一再重複去同樣的國度，以及旅行內容為何只有日常生活般的步調與無限的冥想，因為是不是要去新鮮的地方根本不是重點。

我喜歡到有電車系統的城鎮，讓地上電車帶我隨意漫遊。

第一次單獨出國，是先到LA，然後到東京。儘管當時臺灣連捷運的名稱都還沒出現，但在LA像被車子綁架雙腳的我，一到佈滿電車路線的東京，看著像蜘蛛網般的電車地圖，就不禁興奮起來。

「妳不害怕迷路嗎？」我的日本朋友紅子問。她從關西來到東京已經多年，可是還是擔心會迷路。我和她約在新宿西口見面，第一次在龐大的地下車站摸索，然後像土撥鼠般試著探出頭看看地面的景觀，覺得不對立刻縮回地下再找，轉來轉去老是像回到原來的位置，但我是不怕的。無論多麼像迷宮，只要不要出錯口，都有重來的機會。所以我依約出現在西口的小田急百貨門口。

雖然對自己的方向感有信心，不過還是不喜歡地下鐵，如果能有選擇，我會搭稍稍貴一些的地上電車。

地上鐵道像城市的河，沒有紅綠燈、不會塞車，電車帶著河岸的風景，一站一站在城市的體內流動著。鐵道有時在平面，有時架高，會過河也會上橋，所以也像遊園列車上上下下穿梭著城市，最過癮的如「百合海鷗號」駛入東京灣的彩虹大橋，坐在車廂第一排，大橋迎面襲來，有如觀景特別座。地下鐵就比較像下水道了，帶著城市的秘密在黑暗中行走，搭乘者的眼睛也只能封閉起來。

大多數的時候，我在離峰的時間搭車。這時車廂的乘客不多，窗外街景清晰可見。到站時的門開門關，會有涼風襲入，聞著風的味道，彷彿就能分辨該區的風格了。青春男女的時髦香味和興奮嘈雜的空氣，應該不離新宿涉谷一帶；忽然竄入芬多精以及都市裡難得的清新滋味，一定是神宮森林和代代木公園附近。還有，難以解釋的，接近秋葉原就一股「御宅族」風吹進來，不必抬頭也知道。到了品川，立刻瀰漫商務人士的專業氣，這裡可是SONY等知名企業的大本營。若要說吱吱喳喳的庶民風，當然是御徒町和上野了。這時我會忍不住下車，跟著婆媽們一起到阿美橫街的市場去討價還價。

決心離開混亂的都心時，就去搭中央線，從新宿駛出都心，往西直到八王子。我是不下車的，看著宮崎駿的吉卜力美術館、太宰治投河自殺的三鷹、山口百惠居住的高級文教區國立市，陸續變成風景片跑過窗外，一路把思緒帶去遠方。

中央線沿途的開闊視野最適合冥想，又因人在國外，所以可以不負責任的對自己的人生胡思亂想，譬如：三十五歲之前獨立買一間屬於自己的房子、去寫一封「淋漓盡致」的信臭罵老闆並甩門辭職、雄心萬丈決心埋首著作、花光積蓄到國外當一年浪人、發誓不再站上講臺取悅聽眾、認真考慮四十歲開始創業……如此天馬行空想得痛快，誰知有些卻真的成為轉捩點。

儘管每站都停的普通車像搖搖晃晃的小船，冥想久了就會頭暈，但我仍然迷戀著。我也知道靠近鐵道的房子租金都比較便宜，因為成天轟轟作響空氣也不好，我卻覺得電車行經軌道的節奏、以及小站柵欄噹噹噹放下的聲音都很溫暖。但其實我對噪

鐵大江戶線本鄉三丁目出口。是前往東京大學的出口，學生氣息濃厚

音的耐性很有限，是在夜晚動不動就想戴耳塞的那種地步。

有次和朋友聊天談到這個，對方忽然問：「妳家後面本來不是有鐵路嗎？那不是很吵，妳怎麼『安然』長大的啊？」一時間，我才恍然事情的真相。

我喜歡到有電車系統的城鎮，原來並不光因為行動方便而已，車行鐵道轟隆轟隆的聲音像來自母體的心音，在我出生以前就一直相伴了。那時到我家暫宿的親友沒有一個受得了的，火車不像捷運有收班時間，夜行列車三更半夜仍然在跑，鐵路電氣化之前還會鳴笛，深夜裡分外驚人。但這些聲音全都成了我的搖籃曲，天天帶我駛進奇幻的夢境。

幼年最大的娛樂就是央大人帶去鐵路旁看火車，哭鬧不休的小獸立刻被嗚嗚急駛的火車唬住；童年時和家人鄰居一起擠在復旦橋上看國慶煙火，低頭就有火車從橋下竄過像舞動的龍；小學時開始流傳鐵道鬼故事，小朋友總繪聲繪影說有白衣女子在鐵軌上飄行，復旦橋下的迴轉道「山洞」立刻成為晚間的禁地，其實伯父還領著我們在夏夜的鐵道旁抓過螢火蟲呢。長大後和同學搭北迴線去東部玩，回程到了松山往臺北車站，就會經過家的後巷，我從車窗看見巷口小孩愣愣望著列車的臉，彷彿照見了自己的童年。

對我來說，鐵軌不只是鐵軌，是歲月的河。

雖然敦化南路被鐵路分成兩半，但臺北東區從頂好超市發跡，取代傳統商圈邁向繁榮之路並未受到阻礙，跨過鐵路、散步去逛逛超市、買各種花式麵包，當時可是件時髦的事。火車電氣化後，不再嗚嗚的鳴笛，外表也愈來愈年輕。就在我開始就業，鐵路地下化來臨，復旦橋拆除，舊房子改建，四周景觀顛覆，恰如我的人生轉折。工程噪音持續好幾年，直到今日市民大道的出現。沒有了地上鐵道，我卻難以忍受風馳電掣的汽機車馬力，不論多久都無法免疫。

引擎聲應該不會比火車聲大。所有人都這麼說。

但引擎聲是噪音，鐵道聲卻不是。和現在捷運進出站時尖銳的機械聲也不同。不過無論如何，我很高興臺北終於有了捷運，雖然撐起市區交通運輸重任的還是公車；也能理解觀光客捨棄便捷的公車，寧可在區區幾線捷運中七繞八繞的心理。對正要摸索陌生城市的人來說，搭捷運是最不會被欺騙的，因為每個城市的公車都有過站不停的可能，這對數著站牌找目的地的遊客來說真是莫大的危機。

雖然比起臺灣公車的無厘頭，日本公車算是貼心的。去程回程的目的地和方向標示清楚、到站時間估算準確、上車可以兌換零錢、有站名跑馬燈和廣播，謹慎注意就不會出錯。不過還是難免一恍神就錯過站了，像有次我從橫濱車站搭去山下公園，算好是第四站，結果車子呼呼疾駛，沒留意跑馬燈，到第四站下車居然已快到碼頭，原來平日裡乘客甚少，當中不知有多少站根本沒停，這時又不能像搭電車一樣趕緊從對面月臺返回，一個人看著揚長前去的公車，不禁有種被拋棄的淒涼。

在東京搭環狀的山手線電車就不必擔心，它像護城河繞都心一圈，無論如何都會回到原點。

有一年冬天在東京，睡到清晨忽然莫名醒來，四周很安靜，看窗外竟發現下雪了。意念乍起，我速速起身，將自己暖暖包裹妥當，出門去搭早班的山手線。城市尚未真正甦醒，屋頂與街道的白雪仍完整覆蓋，我在空曠車廂中，跟著電車如河般流動著，巡視這難得的雪景。回到住處倒頭睡回籠覺，再醒來時城市已活力四射，覆雪的街道不復存在。但我知道那不是夢境，因為電車轟隆轟隆的聲音如此真實。

能這樣揭開一天的序幕，真是太美妙了。

運河側

人家知道我要到運河側住上五日，紛紛露出狐疑的表情：那裡不是只要待一個黃昏就好？

其實我已在心中盤算多時。

拖著行李終於抵達這家飯店，「給我運河側的房間。」我用日語跟櫃檯說。

「是。請稍等。」年長的接待員穿著令人想像不到的一襲黑色燕尾服加小領結，禮貌的接過訂房憑證，並堅持用英語應答。

這家飯店是我在網路上找的，因為它給了一個運河側房間的優惠價格，我便趕緊結束學期末的事務，興沖沖地來了。

飯店規模不大，一樓稱不上大廳，空間只容許櫃檯、小沙發和電梯，沒有人來人往，反而安靜。大門是厚重的木質鑲框玻璃，內部色調與擺設是古典歐風的沉穩調性，燈光暈黃，加上堅持說英語的燕尾先生，這氣氛真是奇異，可是我滿意極了。

給了我鑰匙，燕尾先生忽然快步跑出櫃檯站在電梯邊。

「這裡，」他說：「請上樓。」

在他目送下我上了電梯，沒有行李員，我自在地拉著行李到房間，一開門，果然是運河側。

這是六月的初夏。我第三度來到這個城鎮。前兩次都在盛夏，第一次帶著興奮感來參觀運河，結果來早了，白日裡單調的運河既不壯觀也沒什麼光采，所以只好耐心等到傍晚，兩岸浪漫燈火亮起，河岸街頭藝人紛紛出現，運河倉庫餐廳也透出熱鬧的光影和人聲，運河頓時風姿綽約。一車車遊覽車運來觀光客，大家開始選取最佳角度排隊照

住在運河側的房間看出去的小樽運河景象。初夏的河邊十分寧靜

相，留住跟風景片一模一樣的景色。

第二次則充當導遊帶著家人來，舊地重遊，才注意到「觀光運河」其實只有小小的一段，有花、有人、有燈，有規劃的寬廣河岸步道並不長，但運河其實源源蔓延著。我站在稍高處前望後望，那幾乎沉黑而無人煙的運河會是什麼光景？眼前這人潮如織的觀光河岸像風景片的複製，反而顯得乏味了。就像大家不會真的以為假日裡水洩不通塞滿吃客的深坑是真正的深坑，不會以為擠爆遊覽車人滿為患的氣氛就是九份聞名的氣氛。這時想起上回早到時運河的「不起眼」，內心忽然像是被召喚一樣。

六月初的運河仍時有寒氣，這晚在窗邊望見河岸的溫度塔，顯示十五度C，有點吃驚。

一覺醒來去樓下吃日式早餐，赫然撞見昨天的燕尾先生綁頭帶、穿壽司師傅裝，站在料理檯前忙著，真是……奇妙。

氣溫仍低，但陽光很好，風很新鮮。

初夏河岸遊客不多，但已生氣勃勃，即使我一個人坐在這裡一下午，也不會被誤認有自殺傾向。

我就這樣看著水的流動、流動，物換星移、繁華已改，百年至今一直流向前去。

我傾身俯視，體內的某些制約彷彿也被一併帶走。然後，我所喜歡的、不喜歡的，所愛的、不愛的，所渴望的、害怕的、自信的、沮喪的種種，都浮出了水面，在我眼前雲淡風輕的浮動著。

沉默的離開河岸，沿著運河邊的馬路慢慢走，夕陽暈亮了前路，風開始變冷。我準備找地方喝熱咖啡，因為被窗檯上一整排美麗的盆花吸引，所以進了這家萬花鏡店。

一進去身體就溫暖了，不急著喝咖啡，先在萬花鏡展售區閒晃。

看到這些貼花彩繪、鏤刻鑲鑽，各式各樣，琳瑯滿目的萬花鏡精品，在玻璃與燈光的交錯輝映下，燦爛奪目，真是嘆為觀止。但真正的迷人卻不是這些。

人不多，我在店中留連許久。只是，我對萬花鏡的認識侷限在臺灣夜市賣的那種、利用彩色紙花或晶亮珠珠做變化、拿來騙小孩子用的萬花筒，所以對內在的期望不大。但對那些精緻的外在做工倒是興致勃勃，彎下腰一個一個看得很仔細。

「這個，妳看看這個。」背後傳來溫柔的女聲。

我訝異的回頭，看見店主人的暖和笑臉。我退了一步，不安地發現自己實在在這店裡無所事事的逗留太久了。

「這個，」她拿著一個小指頭大小的萬花鏡，敦促著：「看看裡面，試試看。」

我順從的湊上眼去，忽然發現一個多彩的世界。

「妳拿著，看上面……」她指揮著：「再望外看……」我從那一小管鏡頭不停遭遇四周景物的美麗幻化，捨不得離開。才知道這不是我所想的萬花筒，內部不是封閉的，它讓視線通過重重的鏡面折射，看出世界的精采。

接著，她說：「妳不要動喲。」然後跑到我的正前方，萬花鏡的世界忽然加入了無數個她不斷揮手的笑臉，我看著看著，感動從心底湧上眼眶。

我拿下萬花鏡。

「很棒吧，很棒吧。看這個會覺得世界很棒。」她高興的說，沒有一絲推銷的意味（至少完全感受不到）。我還來不及反應，她已返回櫃檯去招呼客人了。

等客人離開，我走向櫃檯，說：「可以跟妳合照嗎？」

「我嗎？」她笑了，「我今天沒化妝欸，連口紅也沒有，不嫌棄的話……」

我把肩膀傾向櫃檯靠近她，請人家幫忙拍，她開心的貼近我的臉，小聲說：「其實今天是我五十歲生日呢。」

「啊？」這個素顏的、容光煥發的小婦人居然五十歲了，令人難以置信。愣一下我才說：「生日快樂！好年輕呀，根本不像。」

「哪裡，有魚尾紋咧。」還是滿臉笑意。

我們聊了一會兒，營業時間就要結束了，她說閉店時先生會來接她，然後帶著狗一起散步回家。

離開時我買了剛剛那個萬花鏡，她拿了一個吹笛人音樂盒要送我，我又吃了一驚。

「我生日嘛！」她說。

沒有留下彼此姓名，我向她道謝後又走回運河邊，沿途不停湊著萬花鏡，好奇的觀看我未曾見過的世界。真是豐富啊，剛才那些浮在水上的種種情緒，也像是變成了彩色泡泡，在眼前隨運河流去。

回到飯店，燕尾先生穿上工作服在整理大廳。

「歡迎回來。」他說。

「是。晚安。」

我愉快地上了樓，準備就寢。然後，期待明天的運河側。

無人的遊樂園

「那是什麼地方？」E指著遠遠露出樹梢的尖塔問著。

原本要去看的展覽因為休館的關係，我和E坐在回程的電車上，有點無聊的看著窗外。雖然天氣很冷，可是我們都精神抖擻。

一邊研究電車路線圖，一邊看著窗外。因為搭的是慢車，所以視線很清楚。我一發現站名寫著某某樂園，便拉著E說：下車下車！

飄雪的遊樂園形同休館，遊園的路上只有我們兩個人。要不是因為原來要去的地方閉館，我們也不會臨時下車到讀賣樂園來。

「這麼冷清，應該讓我們免費入場才是。」

「他們也很納悶為什麼有遊客來吧。」

剛剛那個遠遠露出的尖塔原來是雲霄飛車的軌道，看不出來有沒有在運行。

「要不要坐？」E問。

「沒坐過——，感覺很恐怖。」

「那，試試看？」

我考慮中。

這時不知從哪冒出一名操作員，朝我們看了看，開動了機器。整列雲霄飛車為我們轉動，所有的空位任我們挑選，感覺像愛麗思的夢境。我接受邀請，踏上了階梯。因為沒玩過，之前的害怕沒有真實感。等到列車如失控般奔馳，才倍受驚嚇。冷風像刀呼呼切過雙頰，心臟壓抑不住砰砰的撞動，就快從口中跳出來。我緊閉雙唇、緊閉雙眼，等到稍稍適應，一張開眼，居然已經到終點了。

真不懂它的快樂在哪裡。我在心裡嘀咕。然後喊著：「我餓了，我要吃飯。」

餐廳也只有我們兩個人。

在自動點餐機上點了兩份「什錦中華乾麵」。

麵送上來，嚇我們一跳。真的是「乾麵」。就是類似廣東炒麵那種炸過的脆麵，上頭鋪上什錦材料，可是……沒有醬汁？

「是不是忘記勾芡了？」

「爐火是不是關了？」

「還是要把熱茶倒進去？」

「有茶泡飯，沒聽過茶泡麵呀。」

我們一面低聲議論，一面把碗裡的麵攪得喀啦作響。最後還是乖乖的吃著「乾」麵。餐廳很大，老闆在遠遠的角落，我們喀滋喀滋嚼麵的聲音彷彿大到有回音，覺得很滑稽。

仍忍不住要問老闆，一招手，老闆親切的跑來，說：「要我幫忙拍照嗎？」我和E就在下雪的庭院合照一張。

真是詭異啊，這個無人的遊樂園。

在這個看起來有點「失序」的空間，我倒有一種不必偽裝的輕鬆。

這年冬天的我其實並沒有那麼精神抖擻，只是想用逃避現實的快樂「撐」住而已。剛剛坐雲霄飛車的時候，我為什麼不尖叫？彷彿我對抗外在壓力的方法，就是更加的壓迫自己，這真是愚蠢。

因為討厭當時的工作，就賭氣把薪水全部存起來不用，很有「骨氣」的拼命接其他的工作來養活自己。現在想想，真是糟糕，除了賠上精神和體力之外，一點前瞻性的意義都沒有。

總算吃完這令人一頭霧水的乾麵，整座樂園看起來就像快要午睡一樣。但我們還是決定看完水族表演才離開。

走進水族表演館，有三個人坐在看臺上。

「會照常表演嗎？」

「應該吧，不然幹嘛開門。」E說。

一會兒，看臺燈暗，舞臺水域燈亮。一身螢光黃工作服的女訓練員領著一隻海狗出場，聲音高亢、笑容可掬的說：「牠是小智，給大家問好！」海狗一躍，滑入水中翻了兩圈。

在五個人的掌聲下，表演開始。

雖然我一直懷疑表演內容有縮水（因為大型的表演場子怎麼可能就讓一個人撐到底），但無論如何，這個女訓練員活力無限，在舞臺上東奔西跑，帶領水族動物興高采烈地縱橫全場。

熱烈的場面讓我一時錯覺，以為看臺上有滿滿的觀眾。

然後，看臺燈忽然亮起。

「現在，」訓練員笑咪咪的環視著，「小智要和大家做個遊戲喲。」

「我們徵求五位觀眾跟小智一起玩套圈圈，小智很會接唷。機會難得。大家快來！」

明明看臺上就只有五個人……

海狗已經等在水池邊，乖巧的搖晃著身軀。我看見三個人笑著起身，慢慢走下看臺。

訓練員當然知道全場有多少觀眾，但海狗知不知道呢？我坐在看臺上默默想著：其實我的工作有時也像海狗。除非放假，每天都要神采奕奕的、做最好的準備登場。

但觀眾是很隨意的，會因為太冷了不來，失戀了不來，睡太晚了不來，就是不想來而不來……

讀賣樂園內的水族館。冷清的場子，賣力的表演

我的表演還是必須照步驟完成，把戲更要時時翻新。

我應該要像那隻敬業的海狗，為自己的存在努力著，不是為觀眾。不然，就積極想辦法離開這個行列。這兩種選擇都比跟自己生悶氣好。

「我們也下去吧。」我跟E說。

五個人跟小智套圈圈，玩得很開心。

後來就沒什麼機會到無人的遊樂園了。我一方面努力當一隻敬業的海狗，一方面找尋自己的快樂，在心裡建了一座遊樂園，那些原本被我「凍結」的薪水存款，當然開心的拿來支付開銷了。畢竟，跟自己過不去可是一點好處都沒有啊。

寂寞神戶日記

一九九九年四月。

計畫這次的旅行已經好久。幾乎成為我一邊工作一邊寫博士論文，還要面對家中時有干擾的日子中，腦海裡唯一的曙光。

凡無法經常自由自在的人們心中總有這樣的假想，認為完成一次人生的衝刺，就來一場官能享受的恣情放縱是道德的，那種只要不過分，即使有點敗家敗德的歡樂，光是幻想，就能取悅正焦頭爛額的軀體。

對我來說，心靈脫序的歡愉，還是要靠拋棄熟悉領土來實現。論文一交出去，我就開始著手將幻想的歡愉成真。

對於已旅行過多地的人來說，選擇度假地點無須過多慎重其事的抉擇。所以，為什麼是四月，為什麼偏偏不去賞櫻，為什麼會是神戶？我沒什麼好答案可說，不過是為了度假而已，所以我甚至沒有意識到神戶是個才懷抱著悲傷故事重生的城市，並且堂而皇之的忽略了一九九五年冬天的那場震災。

沉淪

從登機、起飛，解開安全帶，瀏覽機上的免稅品目錄，一直到高度下降、等待降落，我的心情始終維持在一種安穩自適的狀態，一如我有過的幾次獨身旅行，如今並又加上解除論文負擔的鬆弛——就像一口氣在水中憋到盡頭，終於能抬到水面來狠狠吐出去一般。

四月底的神戶，因為雨和風的關係，有料想不到的陰鬱。畢竟，沒有櫻花的春天，終究是不一樣的——我這樣想著。拖著行李從三宮車站往飯店投宿，一進門就看見一樓咖啡廳有一整排緊鄰街道的玻璃窗，我開心的想著可以在這裡度過午休冥想的時間。

丟下行李我便迫不及待的出門。作為交通樞紐的三宮是神戶的市中心，人潮洶湧的車站對面有佔地廣大的三宮商店街，在加頂蓋的室內街區漫遊，是無須顧慮風雨或車輛的。我信步的瀏覽商家，從商品的種類與擺設，以及行人的言語裝扮，很明顯嗅出不同於東京的、一種庶民般的自在與坦率。

走了不過約五分之一的街區後，我竟然有些疲乏，這種疲乏很難解釋，居然夾雜著莫名而突來的沮喪，街區的服飾、文具、禮品、食物等，種種熱鬧就在瞬間失去了光彩。我看著疾速移動的人潮：匆促的上班族、夥同逛街的太太們、以及猛打手機呼朋引伴的青年學生；忽然感到自己的無法歸位，面無表情的將自己站成一座無用的路障。

也許是搭機令人疲倦，我決定回到飯店。這個決定並沒有挽救我的心情，一樓那個一度令我開心的咖啡廳，現在只剩毫無意義的存在，然後我開始覺得反胃，打開房門後便直奔浴室。

心情是什麼時候開始沉淪的？我並不知道。

這是為什麼？我回想起方才進房時丟下行李就迫不及待出門的反應，以及現在不停靠在馬桶邊上乾嘔不止的自己。我躺在床上想著自己應有的雀躍與歡樂，但五臟六腑卻彷彿抵擋不住床身無形的吸力，心在無量下沉。我始終不願意歸咎於這個房間，但知道不能不離開。

現在我又回到三宮車站，目送街上燈火一盞盞地消失，走進逐漸發冷的月臺，前往新神戶。

搭上名為夢風船的纜車，可以直達山頂的布引藥草園，不僅從纜車上就可俯視神戶的景觀，從小山頂一路走下來還有各種細緻栽培的香草花圃，成立不久就在異人館之外成為遊覽新神戶的指標。

四月底的微寒夜晚，我在站務員的疑惑眼光中搭上末班的夢風船，我知道山頂的藥草園與店舖早已熄燈，抵達後的自己將立刻下山。爬坡的途中一片漆黑，無人搭乘的圓形夢風船如夜間吹起的大型泡泡，規律而不間斷的滑過我的身旁。我安靜的注視著神戶夜景與遠方海灣，那閃耀的星火竟彷若興起一種難以言喻的寂寞，我想著自己著手的這趟快樂旅行，經過方才那場挖心挖肺的乾嘔過之後，忽然發現，也許我的心情並不如自己所以為的，那樣如釋重負。那些曾被我刻意壓抑或埋葬的種種情緒，並沒有真正死亡，在神戶沉潛的注視下，一一復活。

繁華

今天早上我前往姬路城，和一位帶著智障兒的母親同坐在空曠的車廂裡。一路上我聽見那孩子看見海的歡呼聲、過橋時的鼓掌聲、打翻牛奶時的哭鬧聲，以及母親充滿耐性的安撫聲。我沉默的坐著，回想自己能如此率性的表達情緒是在什麼時候？然後昨夜那種難以言喻的寂寞感又再度襲來，我清楚明白這寂寞與我的獨身旅行無關，而是潛藏在每個人生命底層裡的孤絕感，這座城市彷彿有種強迫性的能量要將它盡情

姬路城內的坡路

姬路城的灰瓦白牆，姿態優美，被當地人視為白鷺展翅

的翻攪出來，於是我不禁想起自工作以來就不停埋首向前奔馳的自己。就像這快速列車筆直地朝前奔去，有丰姿綽約的姬路城就在終點等待著，而我現在喘了口氣，前方又有什麼美麗人生在等待呢？我不知道。因為不知道，我終於能明白藏在這趟「快樂」旅行面具下的真相。

離開褐瓦白牆的美麗城樓，走過闔家玩放風箏的草坪、楊柳輕擺的護城河，我告別姬路城的春日妍妍，前往神戶港區去體會朋友口中「不能錯過的繁華」。無論是上流社會的衣香鬢影、庶民世界的眾聲喧嘩、大自然的花團錦簇，我以為所有的繁華都彷彿有一種勇往直前的生命力，麻醉著人們的腦細胞。但來到燈火燦爛、紅男綠女笑語盈盈的神戶港灣區，在展現強烈生命力的繁華裡，我同時也聽見了生命已逝的嘆息聲。

太陽即將下山，因為下過雨的關係，染上奇異霞光的天色使四周增添了詭魅。嘆息聲不停從四處揪住了我的胸口，有的來自超高玻璃帷幕大樓、有的徘徊在十字路口、有的與嶄新的遊樂園同在、有的和安靜的公園並肩而立。

無所不在的震災紀念碑成為嘆息的發射臺。

我終於記起一九九五年初的阪神大地震，終於體會嘆息聲的來源，終於明白那直搗人心的強烈能量，也終於回憶起神戶如戰後廢墟般的容顏，還有昨夜那個壓不住寂寞靈魂的房間，因為三宮地區所有的大樓都是在廢墟上新建的。

五年來神戶以驚人的速度超越原有的、造就了更繁榮的城市，但並未忘記那些在震災中增添的魂魄。所以它們在精華區擁有一整棟的紀念館，也在各個角落參與新神戶的光輝；但也許是人間世界已無法再度共享，只有留下寂寞的嘆息聲。那一直催促我去面對心中真正的渴望、攪動表層的快樂使我煩躁不安的也是它們吧？因為人類生命在宇宙中的分量是如此之輕，青春繁華也如此稍縱即逝。

天色已暗，我搭上港邊可觀夜景的大摩天輪，慢慢隨之升降，燦爛的星光燈火，像新生的、歡樂的，並混合舊有的、悲傷的眼神一起注視著我，我無力抵抗的對自己告解：所謂教書的、求學的、升等的，一路走來的「正當」道路，還有那些在盡心盡力、勤勉負責中獲得的工作口碑，在我身上除了消磨心志、成就規律而平凡的生活外，似乎什麼也沒有留下。

平凡的幸福是人生最高境界，然如果平凡裡沒有幸福，只剩不被了解的哀傷。這樣的哀傷可以被遺忘，繼續以奕奕之姿行走在眾人所肯定的主流價值裡，但就像以化妝品掩飾臉上的斑點一樣，終究去除不了歲月的痕跡，心底的哀傷會在終於獲得「正當」道路裡的所有成果、大呼一口氣的空檔下毫不留情的跳出來指責你缺乏為夢想冒險犯難的勇氣！

這樣的心情隨我在摩天輪上經過一圈又一圈，我陷身在神戶港灣「不能錯過的繁華」下，忽然想到今夜仍需與飯店內寂寞而頑強的氣息共處，臉上竟浮出一種自虐般的笑意。

再生

昨夜我決定早晨起來如果又是下雨天，便打道回府，結果今天太陽就照進了我的窗檯。和這個房間似乎已逐漸摸索出相處之道，也許是我扯破剛入住時莫名其妙的快樂面具，願意與自己坦誠相見，終於讓這些生命在措手不及間消逝的游魂感到滿意的緣故。

因為天氣好轉，心情的陰鬱也彷彿散去。我像在方舟上獨自與狂風巨浪搏鬥了一夜的水手，精疲力竭之後，終於能在風平浪靜的甲板上安詳的迎接旭日。

從三宮車站步行到北野的異人館區約莫二十分鐘，搭觀光巴士也行，有馬車外型的觀光巴士很吸引觀光客，一邊搭乘一邊有錄音導覽，還可隨意上下。我選擇步行，一進入異人館區，充滿異國情調的舊領事館建築、回教寺院、天主教堂迎面而來，各

神戶的北野異人館區

國旗幟沿著山坡地形起伏飄揚，在湛藍晴空下閃著彩色的光，當中並夾雜著許多個性小店與餐廳。

難以想像此處在震災中一樣傷痕累累，但不同於神戶灣區以締造新繁華為目標進行的重建，異人館必須以恢復古蹟原貌為最高原則。被日本人稱為異人館的外國領事館，是神戶開港後經貿熱絡的見證，在細心修復下，至今仍以古蹟藝術之姿存在著。有些異人館大門深鎖，有些收費參觀，有些在內部改裝成風味餐廳，有些則成為個性咖啡館，往來穿梭的時髦男女在歷史的區域中寫著現代的故事。我忽然領悟，異人館能背負歷史、跨越災難，再生又再生的力量，其實是隱藏在永恆不變的外在容顏下，與時制宜的生命力。所以沒有嘆息，也沒有遺憾。

如果我沒有足夠的勇氣去摧毀多年來建立的人生城堡，應該可以大刀闊斧重整內部的裝潢吧，那麼終於能喘口氣坐在城堡之中的自己，彷彿也能有再生的心靈，不再被心中四處竄起的孤絕感隱沒。

我持續的走著，沒有休息，這是我來到神戶後的第一個春光明媚。回想起最初的恐慌與沉淪，昨夜的繁華哀傷，經過震災的神戶成為一個奇妙的城市，特別是對付像我這種不夠認真、又自以為是的快樂旅行者，神戶自有良方要你學習謙卑與誠實。

告別神戶之後我始終無法和別人談論這次的旅行，無法談論觀光之外那幾近私密的生命的淨身。

直到臺灣九月二十一日凌晨的天搖地動，我在斷訊斷電斷話的深夜裡預警般的徹夜未眠，心中已準備去面對大地帶來的無情洗禮。浴黑而無資訊的空間裡，散發著山雨欲來的不安，這時神戶曾經廢墟的、燦爛繁華的、平和再生的景象，交錯跳躍在我的眼前，連同我寫在心中的那三天寂寞神戶日記，忽然生出動人的力量，緊緊擁抱著我。

迷失江之島

因為算錯了時間，來到江之島前的大橋時，太陽只剩下一抹紅輪了。時至正月底，我知道冬日的黃昏總是特別短暫，恐怕相距不到一小時，滿天的紅霞會立刻沉黑。怎麼辦呢？朋友問我。

上島去。我說。

這一瞬間的當機立斷，憑藉的不只是對自己腳程的信心，還有絕大多數的頑強與不甘心，不甘心就此敗興而返。而且，萬一真的天暗無法前行，再半途而返也不遲。

才踏上壯闊的大橋，風就狂了起來，橋下海浪用力拍打著。迎面而來的皆是遊罷回返的人們，談笑著與我們擦肩而過。前方的江之島已亮起燈火等著我們，遠遠的就看見半山上神社的赤紅山門矗立在入山口。

比我們預計還快一些，走上上山的石階不久後，天光已漸漸隱晦了。兩旁店家似乎順應著我們的腳步，凡提步走過之處，店鐵門就在身後嘩嘩地拉下，所有的熱鬧也就在身後關閉。

大概只剩三十分鐘太陽就要下山，我讀了一會地圖，估計著如何快速繞山島一周：可以從右方上山，經過島上的水族館廣場，繞到島後，從左方下山。

一上山，仍然遇見紛紛下山的人們，我輕鬆的踏著石階，走過一座座點燃燈火的神社。路旁的商店打烊後，替代的是小小溫泉旅社的燈光。不久我走到了島的上方平地，可以往下望見整座漁村的燈光以及泛著墨藍青光的海浪，但無法耽擱太久，立刻準備從島的後方沿路下山。

島的後方淒清許多，沒有商家，只有零星的溫泉民宿，加上許多無聲無息穿梭的貓。至於海，是沒有邊際的，應該是太平洋吧，我想。這條下山的路竟然杳無人蹤，雖然有點荒涼，不過我就要回到平地了。

山路陡然往下，緊貼著海岸，我拉緊衣領看著石階的方向，一步、一步，終點竟然直指大海！

沒有路了。我告訴自己。

回頭看看已全部浴黑的山島，以及毫無星火的墨青色海洋，一陣涼意迅速自心底順著脊椎竄到腦際。

怎麼會呢？我明明看了地圖的。

我試著走向海岸，探頭看著。這時一尊海邊岩石忽然轉過身來，我一驚後退，始知是夜釣的旅人，然而此時情境無論遇見人或非人都讓人悚然。快步走回石階時才發現山壁間有一道山洞，入口已放下鐵門，我猜想那就是我原先要找的出路，大概在入夜就關閉了。

不容多想，沒有時間浪費，我立刻掉頭循原路回去。

這不是個天氣晴朗的夜晚，除了四面襲來的風之外，天空沒有一絲點綴的光芒。回程的路比我們想像的長，而且大多數的路段沒有聳立的路燈，只在腳旁石階兩側有指引的圓圓壁燈，像電影開場之後的照明一般。除此之外大概就是那些出沒無時的貓眼閃爍吧。

我和朋友沉默而疾速的走著，沒有交談。但是都很有默契的在走過神社時，同時避臉不看那些隨風招搖的白幡，以及搖晃的白燈籠。一個民族對顏色的感覺瞬時間就顯示出來了，白布幡帶著神社的肅靜、安心與祝福，在我們心中完全感受不到，特別是在這個完全浴黑的山島之中。

我恐懼嗎？不知道。

但是知道自己毫無一絲驚慌失措的神色。走走走，忽然想起這江之島曾經是一部老愛情電影的場景，沒看過片子，只知是個淒清的故事，現在身處其境，彷彿真能體會男女主角的悲情。而真正強烈刺激著我的心靈的，其實是這滿山之中大大小小飄著白幡的神社。

浮現腦中的該是山口百惠與三浦友和主演的一系列文學電影之一吧。片名倒是忘了。

是在二次大戰期間的一個小漁村中，一對新婚夫妻刻苦的生活著。不久，丈夫接到徵召令前往戰場，妻子只能認命的留在家鄉等待。每一天郵差都會送來征夫們的訊息，等到的有死有傷，等不到的更令人心焦。山口百惠飾演的妻子，日日沉默的工作著，不言不笑，終於等到郵差帶來的消息：腿傷將返。

不是死亡。多令人振奮的消息！

從此時開始，妻子決定不再被動的失去丈夫。將腿傷的丈夫用擔架拉上山林，一步一步，百惠臉上堅毅倔強的表情令人印象深刻。夫妻兩人藏身山林小屋，妻子露出純真的笑容服侍著腿傷的丈夫。

而山下漁村的婆家卻一再受到逼問：兒子腿傷該好了吧？送徵召令的村長滿腹苦衷的請求著婆婆。

上：非常有特色的江之島電車，不僅路經海邊，彷彿還經過住宅巷道
下：江之島上的神社，入夜後有種神秘的氣氛

徵召令終於還是送到了妻子的手中。

腿傷已好的丈夫不知情的在屋外走著，邀著妻子一同返回山下的家。

沒好，你還沒好。妻子急急的說，將他推回病榻。丈夫開始察覺妻子的異樣。最後終於發現被隱藏的徵召令。

我已經好了。他說。該回到戰場為天皇而戰。

不能，不讓你去。妻子說，堅決的。

丈夫緊緊的擁著妻子，而最終仍然帶著徵召令光榮的回到戰場上。

自此以後的每個夜裡，妻子都在山裡狂奔。山口百惠穿著一襲白衣，帶著一張蒼白無色的臉孔，以及披散的黑髮，赤足奔跑著。瘋狂的尋遍山林中的每一座神社，尋到了，急急的拉著白幡搖鈴，雙手合拍祈禱，然後又轉身往下一座神社跑去。

當時的場景就像現在，風狂亂的吹著，神社白幡如伸長的手臂纏繞著，搖曳的樹影裡隱約可見百惠無助而堅定的身影倏地來去。

郵差最後還是在山中找到她，盡責的交付她丈夫永不歸來的訊息。妻子不再狂奔，仍然赤著足，沒有眼淚，一步一步走到海崖縱身而下……

山口百惠狂奔時的表情教我深深的動容，那種與命運對抗的神采充滿明知不可為而為之的固執，而黑夜山林的滄涼氛圍卻對應著無法挽回的悲劇結局。

不知道這部片子是不是在江之島拍的，但現在我走在黑夜的山島中，彷彿也見到百惠赤足狂奔的身影，將她的心情貼切的複習一遍，竟感受強烈而不禁輕輕的戰慄起來。

到了！朋友說。

是啊。我說。將自己拉回現實。

終於再見山下漁村時，我又恢復原先悠閒的步履，並且浮上一抹微笑，在自動販賣機裡買了一罐熱可可，好整以暇的坐在路旁石墩上等巴士，彷彿什麼事也沒有發生過。

巴士駛出大橋，江之島立刻被拋棄在後方，逐漸成為浮著漁火的小小定點。我回首跟它道別，永遠道別，因為知道自己即使重返舊地也不再得今日所見。

只因為這個毫無防備的夜晚，只因為這突如其來的迷失，我和江之島營造了共同的故事。就像做了一場瑰麗而詭魅的夢，永遠成為心底一方不再重現的印記。

煙火

很多東西看多了就會膩，但煙火不管看幾次總是讓人很興奮。本來烏漆抹黑的夜空竟然迸出絢爛的火花，就像不可能的夢想忽然實現。

雖然因為一〇一大樓成為新地標，跨年晚會的煙火總是引人注目，但我們歷史最久的年度煙火盛會就是在國慶日舉行。壯觀的煙火當然可以用來匹配國恩家慶的氣勢，但一旦連結了政治的意義，就少了些浪漫的遐想。所以，因為大批人潮圍觀煙火，使我塞車在街上動彈不得時，便直覺反應：今天是日本的國家慶典嗎？

「是因為夏天來了。」旅館櫃檯人員非常平靜的回答我。就這樣？我滿腹狐疑。但那人不像在敷衍我。

放好行李後又忍不住跑出去看，散場的街道像嘉年華會，青年男女都身著七彩的夏日浴衣，紮上俏麗的髮束，搖著團扇，笑語盈盈地漫步著。雖然已近深夜，卻覺得無限繽紛。

後來才知道，夏天的日本整個就是煙火的放射臺，搜尋網站的各地花火情報洋洋灑灑一長串，令人眼花撩亂。

也許是煙花那種在剎那爆發極致美麗的姿態，正好與櫻花瞬間滿開又凋落的絕美相似，所以日本對煙火十分迷戀；也或許是因為春天有櫻花、秋天可賞楓、冬天就是雪祭，唯獨夏天是「空白」的，所以就把煙火和熱情的季節相連，成為夏季的儀式。

比起和嚴肅的政治節慶結合，大家歡天喜地結伴去看煙火，說來就是簡單的一句：「因為夏天來了」呀，這麼理直氣壯的開心，想來就有點興奮呢。

我看煙火不會許願，但是會感動，好像生命即使短暫卻如此精采，有種不忍但無憾的滿足。所以，放煙火一定要一整批，不宜孤零零的，不然便分外悽涼。

那次到洞爺湖時正大雨滂沱，雖然飯店資料說八月的湖上每夜都會施放煙火，但這天氣哪有可能？不只煙火不可能，連遊興都大減。坐在溫泉旅館的窗邊，望著黑壓壓的湖面，還真有「所為何來」的感嘆。

正大感無聊之際，忽然聽見湖上有鼕鼕聲響，我把臉貼上窗玻璃，看見湖心有紅光一點，似乎是船。之後便有擴音器傳出八點即將施放煙火的廣播。

這時雨已變成牛毛細，水氣仍盛。原來夏日的儀式是不能輕言放棄啊。

船沿著湖周一圈孤單的施放煙火，一朵一朵，射上天空，熱情的火花很快被水氣

上：從臨湖的飯店可以清楚望見洞爺湖
下：施放煙火的函館港灣

澆熄，星星落下。因為大家都躲在房內，湖邊看起來很蕭條，沒有歡呼，也沒有鼓掌。我湊在窗口看著看著，覺得真是寂寞。

但是在函館那次就不一樣。

原來就預定了能看見港灣的房間，拿鑰匙的時候，櫃檯先生很熱心的跟我說：明天晚上要記得早點回來看煙火，妳就算回到房間也能看得到呢。

因為覺得麻煩，我一向沒有趕熱鬧的興致，也沒有非在什麼時候一定要去到什麼地方的念頭。總覺得看緣分，旅途中能遇見什麼就享受什麼。不過，在安排好這次行程之後查閱資料，就知道會碰到這年在函館舉行的，全北海道夏日花火大會了，所以是有點期待的。

吃過晚飯我先去散步。街上已充滿喜悅的騷動，忽然大家都變成相識的人一樣，一起並肩往港邊走去。

第一次在施放現場看煙火，聲響和氣味都如此濃烈。港邊密密麻麻坐滿了人，煙火一放，大家一起鼓掌歡呼、一起讚嘆、一起沾染煙花餘火的流星，像仙女棒將美夢成真的金粉灑在身上。煙火秀長達兩個小時，即使後來我跑回房間沐浴休息，窗外的燦爛還是一直陪伴著我。

煙火就是要這樣肩並著肩一起看，才有幸福感。

因為住家地理位置的關係，在臺北我可以從陽臺看見體育場和市政府附近施放的煙火。大部分是因為演唱會、球賽等活動，散場時天空碰碰作響，弄幾朵煙花代表珍重再見。不是「主秀」的煙火，連樣式都有點老套，像花錢請來的鼓掌部隊，看的人都有點尷尬，久了就失去興致。

接著好多年，這附近歡樂的聚會愈來愈少，集會遊行的場子越來越多。無論來自哪個路數，我們都躬逢其盛。

小甥女問我：「阿姨，為什麼要遊行？」

「因為有許多人想大聲表達意見讓大家知道。」

「那有沒有好玩的遊行？」

「也可以呀，如果有人申請的話。」

「那我一定要去。」

只有快樂的聚會才會放煙火，所以能看見煙火的次數就漸漸少了。加上煩人的事情一多，便開始覺得煙火的浪漫其實也沒什麼大不了的，這些東西只是在滿足那些不識愁滋味的青春年少而已。

想法一轉成這樣，很多事突然就變得無趣起來。擔心自己變成周作人筆下那種「粗鄙乾燥」的貨色，還是得把生活裡的閒情逸致找回來才行。

二〇〇六跨年時，據說信義商圈會有超乎水準的煙火盛會，特別是SONY企業在一〇一大樓砸下鉅資，準備給世人難忘的震撼畫面，更是精采可期。

我興致勃勃在陽臺等待著，時間一到，整幢一〇一大樓忽然明亮如火，像燃料十足的巨大火箭，咻咻咻，由下到上，層層射出花式煙火。群眾的歡呼聲也很驚人，衝向夜空傳到我所在的陽臺。

真是震憾啊，這就是新科技的煙火。

其實我有點失落。

我的夢幻煙火，還是要像降落傘一樣，用各種炫奇的姿勢在夜空中打開，之後有如仙女棒將美夢成真的金粉灑下，溫柔的覆蓋所有看煙火的人。瞬間的悸動就能在心中慢慢渲染、渲染，久久不散。

迫降

唸書的時候第一次出國，就因為想著與朋友們相聚的喜悅，拋棄了膽怯，決定單飛。

那日清晨，預備返臺的友伴們還在甜睡中。我獨自提著行李走出旅館大門，抬頭看看迷茫的天色，整個舊金山市尚未甦醒，難以言喻的孤單忽然自四面八方襲來。

一個人沉默的搭上空無他人的機場巴士，呼呼的向機場駛去。

但是這些所謂的孤單，比起後來因飛機迫降而來的種種恐慌與混亂，都顯得微不足道了。

迫降在明尼亞波利的時候，機艙內頓時陷入一片喧騰的耳語，專業又快速的英語裡聽不出我想要的答案。毫無選擇的下了機後，同機的乘客忽然轟一聲瞬間散去，只剩下我置身在陌生的機場、陌生的族群裡，等待被淹沒。

我竟然毫無防備的就被丟棄在這個大若一座城市的機場裡了，懵懂出國的我完全不知道下一步應該是什麼。大約愣了數分鐘，才想起該求助於人。然後是楚楚可憐的跟在一對中年夫婦身後，尾隨著到航空公司的櫃檯前聽他們抗議。

我靠近櫃檯努力的分辨著前因後果，眉頭緊緊地蹙著。

這時那婦人忽然轉過身來拍拍我的肩膀，微笑說：「不要擔心，我們陪妳。」我們陪妳。

像在雜草叢生的荒野中奔跑，突然聽見天籟的召喚，剛剛不得不武裝的自己就要決堤。

終於拿到下一班機的登機證時，我恢復鎮定打電話通知預備接機的朋友。聽見熟悉的聲音，我立刻委屈不已的訴說著自己的驚嚇遭遇，但話筒的那方淡淡說這是常有的事，只要找航空公司處理就沒事了。

所有的激動情緒只換來一聲的輕描淡寫。就在放下話筒的瞬間，我準確的知道自己與過去已有所不同。

抱著背包坐在候機室中，我冷冷的望著停機坪。想著方才的自己與昔日的種種。

小時候站在迷失的角落，可以哭著等待大人的認領，現在的迷失，只能靠自己面對所有的突發狀況去找尋出口。

下機後已經午夜，婦人擁抱了我，祝我有快樂的假期。

先生則給了我名片，說：「萬一等不到朋友，可以打電話給我。」

多麼好的人！

看到朋友的笑臉時，我沒有太多表情。

經過了一場迷失，我深深知道，能不能看到這樣的笑臉，對方其實一點也使不上力。

承受了人性的溫暖、知道了自己獲得獨自縱橫世界的勇氣，比看見朋友的笑臉可貴多了。

從紐約帝國大廈俯瞰紐約市，右前方為著名的 MACYS 百貨

錯過

曾有兩度旅行到了山城箱根，但卻始終錯過了一遊雕刻之森國家公園的時機。

一次是因為箱根的雪，一次則是為了楓葉。

所以我開始收集木刻娃娃，不多，大約赴日一行便有一只，作為旅行的一種印記。至於對木刻的興趣，也許是因於原木背後的那個原始綠世界，讓人有著莫名的渴望吧。

然而，怎麼總是與雕刻之森錯身而過呢？

其實，與其說是為了雪、或者楓葉等等具體的因素，不如說是因為自己迷戀著梭行列車在山林蜿蜒的滋味吧。利用電纜往上拉拔的梭行車廂，少了嘈雜的引擎動力，使它免於扮演山林怪獸的命運，但也因此顯得步履蹣跚。可是，蹣跚得正好啊，如搖籃一般，讓我攀住窗口在綠浪裡搖擺，冰鎮的山氣混著青草的鮮味，輕巧地竄入我的頸項。越往上走，不論是冬天的積雪，或是秋季裡層次分明的楓紅，都教人故意忘記時間。

所以不捨得下車。

所以總是錯過公園開放的時限。

錯過了，不免遺憾，並且加上更多的想像與期待。可是，在旅途之中，正往往有著許多不由自主似的，錯過的事總是上演。

譬如冬天在札幌雪祭，心裡始終懸念著要去捕捉入夜後以七彩霓虹上了妝的雪雕丰姿，卻是匆匆到達才知熄燈時限已到，搶拍不及，啪一聲，會場的聲色俱熄，我頓時呆立，像是眼睜睜看著一部好片下檔。

又譬如這年的魯汶音樂節。

當然，比利時的魯汶音樂節是年年的尋常往例，不因這年有什麼特殊，不同的只是，這個夏天我正好會在巴黎，並且有前往魯汶的打算。因此一開始計畫行程，朋友便再三叮嚀我切勿錯過這場盛會，她像個盡職的女主人，熱切的盼望遠客浸淫在自家最熱情的場面中。而辜負她的盼望只不過是因為我在巴黎已經累壞了而已，雖然千里迢迢越洋而來，卻甘心就此錯過。後來對於魯汶的印象，始終只是樸素的容止，一直無法勾勒出那個狂歡又不失儀的節慶。

許多時候，總想著自己在旅途中錯過的風景，以及在人生中錯過的種種，彷彿都算是身不由己，又彷彿都是自己假裝不經心的故意而為。好比在狹路上遇見多年舊識，遲疑著該不該招呼，一蹉跎二蹉跎，兩人便擦身而過，將原本可能出現的激情簡化成一個單調的場景，然後「錯過了」就是最有利的理由，接著便咀嚼著百味雜陳的遺憾。

忽然覺得因為錯過而造成的遺憾是多麼不值得同情。因為除了天災人禍，人其實沒有什麼真正不可抗拒的理由。

可是我卻依然讓錯過的情節在生活中不斷的出現，特別是旅途。

我想那是因為來自心底的聲音在質問著我：誰說趕上了一定比錯過好呢？也許錯過之所以被蒙上悲戚的美感，是因為人們永遠無法得知另一個結局的真相吧。尤其是在未知的旅途中，也許錯過的一切是本就該錯過的，趕上的盛會卻反而教人寧可錯過。

就像那年我從加州興高采烈的飛抵華盛頓，來不及整頓僕僕衣冠，朋友便說我來得正好，可以趕上明天在紐約舉行的小型校友會。校友會？我充滿興味的想像著，當時尚在校攻讀學位的我，還算不上是「校友」；即使是已畢業，也與留學生校友會無關。而旅行中的插曲正是如此的教人無從防備，但有時驚喜就在這措手不及間。所以隨著朋友興沖沖的準備心情，我也愉悅的預備迎接這差點就失之交臂的聚會。

豈知就因此陷入一場「旅美華人」的魔障之中。

有時，知識分子過分意識了自己是個知識分子之後，便散發出一種令人不悅的氣

上：箱根的雕刻之森公園
下：雕刻之森內有許多大型雕刻，以及名家複製作品

質，在國內是這樣，在國外更形嚴重；因為不在自己的國家，便又加上了一種突梯荒謬。可是陷入魔障的人是不會知道的。

我感到坐立難安。

如果錯過了這樣的聚會多好呢？那場面實在不適合一個旅行者閒散的表情。這湊巧趕上的盛會，像在自然的山水天籟中錯放了幾個拔尖的高音，讓人毛骨悚然。然後我對紐約所有的印象就停留在那些過多的口舌，以及小布爾喬亞的姿態裡，「大蘋果」的豐富在我的記憶中竟只落得個虛名而已。

我於是覺得，因為錯過什麼而抱憾不已，或者因為趕赴了什麼而欣喜若狂，都只是人們一廂情願的二分法罷了。

那麼，對於錯過二字，就能有不同以往的釋然，與如釋重負般的輕鬆。錯過是不得已，但錯過就只是錯過了，無須加諸額外的想像。至於要不要補救，似乎也無須刻意強求，因為我知道，錯過的本身未嘗沒有美景。

在箱根的時候，總是因為貪戀藏身入山的自在而忘卻時間，不僅每每無法如願的走進雕刻之森，甚至連下山趕赴回城的班車都險險不及。有次就真正錯過了原班列車，在等待下班次的空檔，我只能無所事事的在站前的箱根市街閒盪。冬季的夜往往在瞬時之間就來臨了，彷彿眨一次眼，夜色便多一分，路燈便亮一回；而就在這眨眼之際，我看見這白日素樸的市街，魔術般地逐漸蛻變成雍容的貴婦。站前整排的各式溫泉旅館，不論日式的靜謐、歐式的堂皇、經濟型的簡單，都渲染著溫柔的光，安慰著來到山城的疲憊身心；兩旁店家則紛紛熄燈打烊，整條街道是如此的安詳。被眼前景致惑住的我，到此才恍然體會了溫泉鄉的魔力。

而你問我這時刻為什麼會站在這裡，我說是因為錯過了時間。

究竟是錯過了什麼呢？我卻無法回答。

終於搭上列車時，街上行人已稀，有溫泉旅館的燈火陪著我，內心全然沒有不安。車上有一大片的明亮玻璃窗，一發動，玻璃載著窗外景物立刻往前奔馳。而景物終究是留不住的，溫泉鄉的暈黃彩燈在窗上先是唰地幻化成數條彩色光束，後來就被遺留在夜色裡。我看著看著，像是與溫泉鄉有了某種的盟誓，莫名的升起了一種癡心般的感動。

返回東京，早已錯過了晚餐時間，只有往地下街去胡亂覓食。躊躇間，忽然發現了東京難得一見的關西鐵板燒。關西人一向以美食睥睨著東京人，而這混雜著蛋、肉、蔬菜層層夾疊而成的美味鐵板燒，正是關西地區的驕傲之一。我在店內囫圇吞棗著，覺得這一天真是幸福極了。

如果能不陷泥在錯失的悵惘中，就能發現一些額外的人間風景。而這是年少輕狂時的自己曾無法體會的，總覺得有些事是非要怎麼樣不可，將身心弄得筋疲力竭；也總以為錯過了什麼人就一輩子再也尋不得了，讓自己成日的悵然若失。如今回頭，我只把全部的大悲大喜換成了一個微笑。

我因此容許錯過的情節在生命中存在著，並非為了縱容自己漫不經心的去回應人生，只是讓心靈的眼學習多閱一扇窗，可以在俗成的情緒裡尋找自由。

那天，有人從箱根雕刻之森公園回來，厚厚的一疊相片在我手中。具體的圖像就在眼前，我久久看著，竟有著熟悉中的陌生，它似乎不是它應該有的樣子。而所謂「應該」正是因我的再三錯過之下，去描繪的美好模樣。

我不禁失笑了。

在旅途中，有時我卻寧可有這樣的錯過。大概是因為等待著未知的悲喜，因而豐富了原本無法加諸想像的既定旅程吧。

四處搭公車

從學生時期到現在，一直搭公車縱橫這個城市，即使大學就有了駕照，卻從未動念買車代步，除了因為開車像帶了一件巨大的行李，隨時得找安置的空間，反而令我感到自由受到限制之外，更覺得自己不耐煩、也不想花精神處理可能發生的大小事故。

雖然迅速便捷首推捷運，但能穿梭大街小巷還是需要公車。只是，因為公車未必每站都停，也未必都有站名廣播，搭公車這件事其實是比較適合「識途老馬」的。臺北公車族能自己默默上車又能默默下車最好，大部分的公車司機只接受 YES／NO 的問句，如：「有沒有到××（地方）啊？」回答：「有（或沒有）。」除此之外，提問的後果就要看造化了。

臺北公車把起訖點標示在車頭上方的號碼看板兩側，如：「中和 262 民生社區」。但對城市的生手來說，迎面而來的方向到底是「從中和往民生社區」還是「從民生社區往中和」呢？若非熟客，搭錯方向的機率真的很高啊。

最初在日本搭公車時也有這種憂慮，但發現日本公車會清楚標出去程或回程的一個方向，就很安心。車內的站名廣播或跑馬燈很正確，還附有兌換零錢的機器，就算是匆匆跑上車的乘客也不必因沒零錢而緊張。我在臺北搭公車的「訓練有素」不僅完全派不上用場，有次還因提早站在門邊準備下車而遭司機斥喝：「危ない！座って。（危險！請坐下。）」忽然一陣臉紅。

習慣當地「頻率」後，搭車就愈來愈得心應手了。因應空間的狹小，日本公車走「細長派」，車身窄窄長長，座位也窄窄，扶手是固定的不能移開，每次有高胖的外國人上車，我都等著出現臀部「卡」住椅座的畫面，不過至今還未等到……

在夏威夷搭公車則是熱情的體驗。雖然英語不太靈光，但在夏威夷旅行時還是得搭公車。站在站牌下，半天研究不出個所以然，看到車來便不分青紅皂白跳上去，然後推朋友上火線去問：可以到珍珠港嗎？

胖黑人司機聽完問話，擺著一廂的乘客不開車，笑咪咪說明著：到珍珠港要換車，給車錢後，先拿一張轉乘券，搭到××下車，用轉乘券轉搭到珍珠港即可。之後一邊開車一路用開朗的聲音報著站名。

幾乎每個上車的乘客都會和司機聊上幾句，問路啦問候啦，車內氣氛跟當地天氣一樣暖烘烘。乘客愈來愈多，車內逐漸擁擠到令人動彈不得。司機心情還是很好，熱情招呼上下車，慢條斯理靠站停車，等候要下車的乘客。轉乘站到時，只聽見司機大呼著：剛剛要轉車的兩位，下車囉。擠擠擠，我們擠下車前，胖黑司機還叮嚀記得用轉乘券喔！

所以在夏威夷搭公車很「放肆」，功課作一半、或完全不作功課，就無厘頭的跑上車也沒關係。

但我在阿姆斯特丹搭公車才最像無頭蒼蠅。

看不懂荷蘭文已經有點膽戰心驚了，還不知道位於後方的上下車門是要自己按鈕開的。公車一來正納悶著司機怎麼不讓上車啊？後面就有人一個箭步按了旁邊的按鈕，門便開了。

上車後一面研究著路線一面觀察著：錢要投哪裡？要投多少錢？……但前面那個下車的怎麼好像沒給錢？不用錢嗎？想著想著，忽然看見美術館就在轉角現身，大吃一驚立刻按了門鈕下車。下車後便意識到自己也沒給錢。

後來去中央車站和繳完論文的朋友會合，被「恐嚇」說：「啥？沒給錢？最近稽查員查得很兇，被逮到一律送警查辦，嘖嘖，真大膽喲！」原來阿姆斯特丹公車一切自助，開門自助，算車資自助，給錢也自助，當這樣的「榮譽制」被逃漏票的人挑戰，稽查員就出動了。

好險啊，腦中出現自己因「逃票」被逮進警局的場景：可憐兮兮不懂荷蘭話的東方女生跟一堆「罪犯」接受偵訊（該不會要脫衣搜身吧）……呼，電影看多了，一身冷汗。

在臺北當然是「識途老馬」，不敢煩司機，資深公車族的我心中自有一份完整地圖。只是，雖然知道車上經常「秀逗」的跑馬燈其實也沒幾個人會認真看（外國乘客寧可選擇捷運吧），不過，那輛行經敦化南路的「敦化幹線」公車，把「仁愛國中」錯成「人愛國中」也太久了，當時猛一看還以為是「中國愛人」，有這個站會不會太「驚悚」了？

問卷調查

晚間九點，我們在東京的街頭被攔下，說是要問卷調查。因為有點突兀，所以我們停了下來（要是在臺北，面對多如牛毛的問卷調查，早就練就視而不見的功夫走開）。

那個充滿笑意的男孩穿著制服，掛著識別牌，禮貌的表示他們受託於一個國際性的研究單位，針對亞洲地區進行快樂指數的分析調查。希望我們幫他填個問卷。

不管是真是假，我們是遊客，就事不關己的說：「我們不是日本人。」便作勢離開。

沒想到他說：「這樣啊，沒關係的。」從包包裡拿出英文版的說明。

這不是區域性的調查嗎？開始覺得麻煩的我們，指著英文說明，露出困惑的表情，搖搖頭立刻往前走。

「對不起，那——這個。」男孩又從包包拿出中文版。我們吃了一驚。居然如此周詳，他包包裡是不是還有韓文版、泰文版，或是印度版？

看出我們的遲疑，男孩指著前方說，問卷中心就在大路旁，人來人往，不要擔心。

其實問題並不光是相不相信而已，當時的我還沒被臺灣的詐騙集團訓練成草木皆兵，只是，我為什麼要接受快樂指數的調查呢？

那年冬天我的情緒本來就很低潮，工作上帶來的困擾已讓我身心俱疲，圍繞在身邊的人事又紛紛出現狀況。表面上我從事令人稱羨的行業，但我卻對自我的存在價值高度存疑，生活裡缺乏幸福的期待。因為心情很糟，健康也出了狀況。在這種情形出國旅行，我還需要別人來告訴我快不快樂嗎？

一路向前走，果然看見那個問卷中心，大門敞開，透明的落地窗內很忙碌的樣子。

應該是可以拒絕的，但已經到了門口，同行的E說：好像蠻有趣的。我們商量了一下，就答應了。

問卷居然是厚厚的一本，繁體中文的文法和語意都很正確，不像是急就章翻譯的。男孩為我們倒了水，說填完後請等候輸入電腦，可以拿到一張分析圖表。

我看著那本問卷，沉默了一會兒。

它看起來愈是專業我就愈遲疑。就像參加大考，心裡知道考得很差是一回事，真正看到榜單出來沒有自己的名字又是一回事。很多事經過白紙黑字的宣判，就彷彿失去轉圜的餘地了。

即使是掩耳盜鈴也好，我決定填寫說謊的答案，以換取快樂的成績單。

分析出來了。

E如一向的樂觀開朗，圖表的曲線指數很高。但怎麼回事呢？我的每一項指數都在平均值以下，整個曲線非常低迷。圖表之下還有詳細的建議和分析，我看著那些文字，覺得好像一根根針刺進我心坎。

不知情的E說這問卷還算準。

我忽然有點想哭。

原來，自己對自己說謊，是這麼不容易。

返臺後的春天我就生病了，像是眩暈或自律神經失調之類的，不斷進出醫院，不斷請假。已經無暇去顧及工作場域裡的種種，對人生的企盼也變得簡單。每天帶著虛弱的身體去上班，所有的人事物還是正常的、用妳討厭的方式在運轉著，但妳已無所謂了。這時，病症混沌不明，腦袋卻清楚異常；病體很軟弱，內心卻生出勇氣來。

是啊，當妳無所謂的時候，那些張牙舞爪的困擾也就沒力了。剩下的，就只是好好追求自己想要的人生。

輯二　記憶的錯身

記憶的錯身

我想，很多人和我一樣，過去的記憶經常隨著某些具體的事物而存在著，譬如音樂、電影、某家咖啡廳、某個夜景、某條街上的欒樹或木棉花等等。所以，當這些牽繫著過去記憶的聲音或影象陡然出現在身邊的時候，那些或可笑或感動或艱難或忙亂的往事會忽然歷歷傾出，你或許已在瞬間汗毛直豎、手心冒汗，但旁人卻永遠不會知道。

可是，有些記憶卻是隨著某個人而存在的。當然，有些名字你寧可一輩子都不要想起來，但有些人卻是因為時空流轉自然走出了你的世界，也不經意的帶走了某個階段的你。只有再遇見、聽見、被發現，主動或被迫想起了這個人，人生的某個階段才像忽然燃起花火一般斑斕鮮明起來，否則就如煙火消逝的闃黑夜空，即使存在些什麼，肉眼也看不出來。

就像那天，我忽然看見S的笑臉在螢幕上出現的時候，便不自主地怔忡了幾秒，然後她特有的低沉嗓音彷彿點燃的火線一般，劃亮了存在我記憶中的某個舞臺，眼前閃過梳著長捲髮的她，因車禍腿傷而斜臥床上，我則坐在床邊和她談天的場景。畫面維持不久，在我回過神時便光滅消逝。但這恍然一夢般的感覺很奇妙，彷彿失憶症患者忽然看見足以拼湊過去的線索一般，催促我去追索那個舞臺上曾經搬演的故事。

可是我並不積極。也許，容易被遺忘的記憶並非重要的記憶。

只是，一星期後我竟遇見了H。

那是在尖峰時刻的忠孝東路，我正奮力隨著下班人潮過馬路，人聲車聲喇叭聲加上交通警察的哨音，耳膜無法再去承受其他聲音的時候，我卻清晰聽見有人喊我的名字。匆匆循聲望去，即使被安全帽遮去半張臉，我仍知道喊我的機車騎士就是H。我們在無法寒暄的大馬路上相遇，燈號一換，便各自隨車陣人潮散去。瞬間的照面，眼前竟浮現H站在我大學時代舊家庭院裡，對我叨叨絮絮的畫面。

H和S住在同一個記憶樓層裡，當然，還有不少人同居著，只是我離開那個樓層後，十多年來都不曾再造訪過。

我一向信奉勇往直前的人生信念，就像蛻皮後的蛇不再需要那些褪下的皮殼一樣，回顧那些被拋棄的「舊我」無疑是浪費時間。至今仍如此思量的我，在遇見H的後幾天，居然又冷不防和C面對面碰個正著。

如果那天我依例散步回家，不臨時起意坐公車的話，大概就不會有機會讓C把車停在站牌下，一步一步把我叫回十多年前那個記憶樓層了吧？當我有些無措的婉拒C敘舊的邀約，急急地跳上還看不清楚號碼的公車之後，思緒便不由得地焦躁起來，甚至有點生氣。

如果不是超級好朋友，經過十幾年的漫長時間，他們憑什麼覺得可以在大街上理直氣壯的喊我？還是，他們自覺是我的超級好朋友？那認知上的落差實在太大了。認知的落差？想到這裡，我不禁苦笑起來。那個遺忘在十幾年前的記憶樓層，如果有個名字，應該就是認知錯亂的一年吧。

剛進大學的時候，誤打誤撞加入了一個至今我仍不明白成立宗旨何在的社團，總之那是一個利用各種活動過程（譬如讀書會、服務性事務等）不斷在討論、爭辯大學生定位、生命目標、社會議題、領袖風格等來獲得成長的團體。我很快就發現，那種事事追問意義，以及咄咄逼人的菁英姿態，和我所遵從的平凡美感、自在生活的調性全然不同，但因為進了這所充滿自治精神的大學，決心改造有「社交恐懼症」的自己，和絕不承認「讀文學的人總是缺乏思辨頭腦」的好勝心下，我沒有離開。

我用很多方法強迫自己辯才無礙，剛開始總是力不從心，但等到習慣了唇槍舌戰，又覺得快要不認識自己。我曾經因為隨口讚美一部電影好感人，馬上得到社友「那就好好來談談電影美學風格」的回應；因為感嘆人生還是要做自己心甘情願的事才好，而得到「請說明『心甘情願』之定義」的請求；甚至，對我表示好感的C，竟用「如果明天妳就要死了，那麼今天要做什麼？」作為首次邀約的開場。我總彷彿受到驚嚇，要愣一下才能調整自己適應他們這種自認是「白領精英」式的互動模式。

我對這樣的人際關係感到辛苦，質疑自己發出的語言訊息，無論愛人或被愛，再也無法坦率自然。

當然，這所大學裡的學生大多有著成為「白領精英」的知識分子使命感，只是，這個社團的學習方式令人困惑。咀嚼了美學理論，卻毫無實踐生活美學的能力；批判了校園，卻缺乏實際參與改革的勇氣；只關在室內討論、辯論各種議題，名為追求真理，其實毫無作為，卻清高自傲。然後在畢業之後立刻出國留學、移民，當一個大國的小小螺絲釘，繼續在華人圈裡高談闊論，批判著臺灣社會，等到選舉旺季便趕集似地準時回來投票兼看病、旅遊。

這其實是我最討厭的知識分子姿態，但是當時還是大一、缺乏自信的我，除了膽怯和懷疑，根本無從分辨。只任由這樣的社團生活把我的大一生涯攪得混亂不堪。當我終於覺悟而決定離開這個團體時，還要和當時身為社長的H展開「試論此社團之優劣」的辯論，H不僅使用電話，有一次還在晚上跑到我家舊院爭辯不休，不知情的人必以為我們是正在談判分手的男女。荒謬的是，我是被挽留的社員，卻被弄得筋疲力竭地更想逃離。

後來我便明白，所謂磨練與改造，應該是幫助自己去發揮自己所不知的潛能，而不是強迫自己扭曲原有的本性。我因此重新去發掘自己，頭也不回的大步向前走去。

所以，那一年也算是我的轉捩點吧，於是上天在十多年後用S或H或C來提醒我嗎？如果能夠選擇，我真正想再見的人，應該只有S。

S大我一屆，是法學院的學姐，但大約也被社裡歸於「溫情有餘、思辨不足」的一類，雖然我們很少交談，卻只有她，很早就看出我內心的不安，因為她說她自己也一樣。S出車禍的時候，正是我決定向這團體告別的時候。

在下雨的夜裡，我一個人繞過大半個臺北市去她家探望她。交談的具體內容已經模糊，但相互傾吐的痛快卻成為我短暫社團經驗中最值得蒐藏的記憶。當時我便相信，比起高傲談論的許多人，我們更能掙得屬於自己的天空。

現在我果然看見S的天空了。身為某大國際內衣品牌經理的她，在各大媒體現身推介每季的新設計概念，留著俐落短髮的她顯得幹練自信，笑容則有不變的溫暖含蓄。

不知她最近如何？是什麼時候回國的？和長跑多年的男友婚後如何？住哪裡？有孩子嗎？記憶被撩起後，有時我會這樣想起S。甚至連上那家內衣公司網站尋找她的e-mail，但不得其門而入。

時間就這樣過去，我修完博士，換了新工作，開始搭捷運作為交通工具，也逐漸淡忘了這件事。

卻在捷運車廂裡發現S的時候，讓我有一種不真實的感覺。

她和先生帶著女兒，像是趁著五一勞動節休假去動物園玩回來的模樣。車廂比往常擁擠，一直站在她斜前方的我，大約五分鐘後才發現是她，她則因為開心地聊著天，無暇注意身旁的人。

很難以解釋的，一直到她要下車了，我才忽然從背後喊她一聲×××，怕車門關上正催促女兒快步下車的她驚愕的回頭，來不及反應便被人群簇擁著出車門，和家人站在月臺上，她驚喜的喊著我的名字。這時車門就要關上，我不打算下車，連名片也沒遞給她，只在車廂內揮手微笑，看見她悵然的表情隨著電車開動而遠去。

也許有點奇怪，但在那當下，我只覺得這是最好的選擇。

車廂內的數分鐘，我沒在第一時間喊她，其實就決定了不敘舊的結局。因為，S一家三口溫馨的畫面，已經給了我想要問、想知道的答案，便已足夠。至此，我彷彿聽見那個因她而忽然打開的記憶樓門，重新掩上的聲音。

容易被遺忘的記憶該是被時間封箱的記憶。那些被鎖住的舊日姿態，成為青春的標本，不能隨你縱浪大化、穿越時空，走過人生無數境界，而神形俱改。當時人物，包括自己，都已成人生紀念品般的存在，忽然一見，既熟悉又陌生，心情還在舊日記憶裡迷走卻要強言敘舊，不如就讓它錯身而過，似真還假，虛幻在此，美麗也在此。

或許，這就是我不想喊住S的原因吧。

我毫無防備的，被打開那扇記憶之門，至少，可以選擇何時讓它關上。

熟悉的陌生地

不知有沒有人與我有相同的心情，看著或聽著世界地圖裡的某一個地方，胸口便忽然一熱，心跳小小紊亂，但瞬間便恢復平靜。

因為你明白那是自己熟悉的地方，那種熟悉不是因為看過影象、讀過文字，亦非聽人口述而來。你知道它曾經在你生命中某一個珍貴的時刻裡清晰的出現，但其實、其實你從未去過那個地方。

對我來說，美國大陸的北卡羅萊納州便是，日本近畿地區的三重縣也是。

他準備去北卡羅萊納留學的時候，我們都在雙十的青春裡。因為年輕，所以純真，不會用狡獪的手法處理自己的感情；也因為太年輕，所以笨拙，只會在離開之前措手不及的告白，留一條可以倉皇逃離的後路。他就用這樣的方式向我們的共同好友告白，於是在歡送會後，我和他和她，三人的四年情誼就在她的錯愕中迅速瓦解。

身為「局外人」的我，和他的友誼仍在避免談到她的情況下持續著，我們交換著現在、未來的生活，不談過去。聊得最多的便是北卡的景觀。

北卡是農業州，所以步調很悠閒。他最初說。——我在腦中勾勒出遠望無際的綠色平原。

放假時我最常去釣魚、泛舟。他又說。——我的圖畫中多了涓涓溪流。

還有高空彈跳。他興致勃勃的追述。——我因此在河上跨建大橋。

我買房子了。他報告著。——我在綠地上添了一幢小屋。

現在是我的狗在咬電話線！他笑著大叫。——我於是讓小狗繞著屋內屋外亂竄。

……

那時他已修完碩士，進入職場。我等待著他告訴我房子增添女主人的消息，但始終沒有。倒是因為我開始教書，每年有寒暑假的關係，他不停邀約我到北卡一遊。

旅程的準備在出發前三個月就在進行。我和同行的友人打算從西到東、由北到南，狠狠玩美國一趟。光是聯絡每一站的親朋好友就讓我們忙得不亦樂乎。他佈置了客房、請了休假、計畫了活動，在每一次的通話中熱心的「報告進度」。我腦海中設想的北卡羅萊納畫面逐漸成為真實景片，風吹草動起來。

後來想起來，那是我最「接近」北卡羅萊納州的一次。

因故決定取消旅行時，我不敢去想像他的表情，只知道假想中北卡的景片都被按下了靜止鍵。然而，後來我才發現，被按下靜止鍵的不只是風景，還有我和他的友誼。

至今我仍不明白原因（他應該不是個小氣的人），然而就像在空氣中蒸發一般，他忽然就從我的世界消失。信件被退，電話改變，公司無人，我只剩下他在臺北家中的電話。我看著那個電話，不多久便沉默的將它刪去。

我對北卡羅萊納州是如此熟悉又如此陌生。如果記憶也有生死之分，那麼永遠二十幾歲的他和想像中的北卡羅萊納就是記憶界的鬼魂，它在我某個生命歷程中飄動著，無法著地、無法轉世，所以也無法消失。經過十年，在媒體上看見、或聽到北卡羅萊納的字眼（諸如來自北卡羅萊納州的開心果之類的）時，它透明的身軀仍會倏地竄入我的血液，讓我忍不住脫口：啊，北卡，我知道……。其實我想，我是不曾知道的，也許包括他、包括北卡羅萊納州，在我的生命裡都不曾真實存在。

所以即使現在在某一個時空下遇見了他，我必然也是不相識的，就像那次我在東京代官山的寢飾店外看見了一個酷似宮本紅子的身影，也只是隔著薄雪紛飛的玻璃窗凝視著她，即使我偶爾仍會想起十年前的那個冬天，關於伊勢神宮的約定。

紅子在北京學過一年中文之後來臺北，到我學習的日語教室裡當助手時，只有二十出頭，比我小一歲，但我們的情誼真正建立起來，是在課後時間她找我學中國古文開始。當然，我們閒談的時間遠比上課的時間多得多。

那一年的我因為是碩士二年級的關係，修課已屆一段落，論文的撰寫暫時還不緊迫，因此放縱自己去體驗不同的文字工作經驗。譬如紀錄片的企劃撰寫、副刊雜誌的兼職採訪、旅行報導，甚至還嘗試幫流行樂壇的新人寫歌詞，生活的空間突然開闊許多。而紅子也因為曾在北京讀書的關係，一年間經常往來大陸香港，也出入過當地許多同學的家鄉。所以我們的交談內容，從各地視野到文化的差異，到我正在經手的文字、文化工作等等，一發不可收拾。

因為父親是東京有名的作家的關係，紅子不太煩惱經濟問題，可是她是一直到東京唸大學的時候開始，才和父親熟悉起來的。父親始終住東京，但紅子的家卻在關西的三重縣，「成長時期的我，很少有父親的記憶」，她如此說。我沒問她東京的父親有沒有另一個家，也不想問。倒是問起和臺灣有相同地名的三重縣。

「屬近畿地區的三重縣是鄉下地方，但境內的伊勢神宮很有名喲。」紅子說。伊勢神宮供奉著日本皇室祖先天照大神，除內宮外宮之外還有諸多神殿古蹟，成為人們旅遊參拜的重點。因為有天照大神，所以才有大和民族的誕生，意義大概等同於我們的黃帝吧。但同樣是神話般的人物，紅子卻告訴我：「黃帝是男性，天照大神是女性呢。」以女性為開國天神，所以血液裡便避免不了陰柔的因子，這和軒轅氏所代表的陽剛之氣多麼不同？原來一個民族的開國神話便透露了民族性的差異，我彷彿恍然大悟地想著，覺得有趣起來。

當時紅子和姐姐都已住在有父親的東京，家鄉只剩母親一人。但她和我相約：「來日本時我帶妳去伊勢。」

因為覺得這樣的相約即刻、而且必然實現，所以我立刻想像起攜手同遊的畫面。不過伊勢畢竟不是臺灣遊日的熱門景點，相關資訊不多，所以我只能天馬行空地問紅子：

和明治神宮一樣嗎？（大多了。她說。）

那，類似日光的東照宮？（嗯，不太一樣，而且伊勢靠海，和東照宮據山而立不同。紅子又說。）

啊，靠海，那必定海風習習，海產鮮美了。（妳不知道伊勢蝦嗎？就是臺灣說的龍蝦呀。）

紅子總是一邊說一邊笑，而三重縣的伊勢神宮則在我腦海中益發清晰起來。

這個約定終究沒有實現，對照起當初的篤定，我只能笑看年輕的天真，唯有在年輕的天真裡，世事才能如此簡單，不受時空阻礙、沒有生活波折，甚至不明白人生許多事往往一恍神，便已滄海桑田。

就在紅子回國後不久，我們曾在東京見過面。她用工作的空檔和我逛街聚餐，彼此竟都有些興奮緊張。晚上我們在新宿車站分手，在人潮擁塞不堪的站內，紅子回首說拜拜的笑臉，成為十多年來我對她最後的記憶。

記不起我們是何時斷了聯絡的，是在她外派至上海，還是我搬了新家？總之，就像一個精采的故事忽然沒有了結尾，等著等著，到後來才發現，原來沒有結尾就是它的結尾。

後來我去過日本十數次，沒有一次去過伊勢，連起念都不曾。彷彿覺得已經去過了，其實沒有。它和北卡羅萊納一樣，用熟悉而陌生的姿態存在我的私人版圖裡，在感情上是完成式，在經驗上卻是未然式。

這種感覺很奇特，好像明明與某人有過甜蜜的時光，卻還素昧平生、未曾相識。經年累月，之後在傳播媒體出現對方的訊息時，會冷不防地被敲心門：叩叩叩，認識我嗎？這時我便還一個微笑，做為彼此心照不宣的秘密。

藥街春秋

最近去東京，已經有幾分「生活」的味道，而不是旅行了。這之間的差別在於旅行者的好奇探索、嚐鮮與躍躍欲試的心態已不復存在，所想的只是去習慣的地方購物，去常去的餐廳吃飯，去去過的書店翻翻新書，然後和一大堆人面無表情的擠山手線電車，帶一杯咖啡隨便繞繞，之後回去休息。

可是有件事是從一開始到日本旅行就必做的，即使是到現在用如此「百無聊賴」的方式旅行的我，還是在親友的重託下將買藥列為必要事項。

日本旅遊兼買藥作為禮物，對臺灣遊客而言似乎是常態，也能讓旅行團裡的遊客和導遊皆大歡喜。雖然我第一次的日本行也是團體旅遊，但並沒有在所謂的免稅店「淪陷」過，一方面是當時年紀還小，購物是長輩的事，一方面則是因為當時在東京唸書的表哥早就告誡我們：「別管導遊的推銷，自由活動時我帶你們去真正便宜的地方買！」

所以，我的買藥經驗一下子就進入了「專業」的領域，跳過貢獻導遊油水的這一段，但當我逐漸擺脫生澀的遊客身分之後，才發現買藥這件事的門道，一山還有一山高。

表哥所說便宜的地方，就在早期臺灣團最愛落腳的新宿東口歌舞伎町附近，那裡情色夜生活鼎盛，也是個外來勞力與亞洲幫派匯聚之處。我們必須進入這個龍蛇雜處的區域，步行約二十分鐘後，看見掛著一面中華民國國旗的藥店就是了。因為老闆是臺灣華僑，不僅語言溝通無礙，藥價更一律以七折賣出。所以在日臺人口耳相傳，大約都知道這家「國旗」藥店。後來我幾次到東京，都毫不猶豫的前往這家藥店買藥，只是當自己日語日漸進步，聽懂看懂的東西愈來愈多後，就愈來愈害怕獨自穿越歌舞伎町。有一回日本朋友好奇的陪我前往，當我們置身在一堆情色招牌與魁梧的站崗保鑣之間時，她便遲疑起來說：「妳去的那家真是藥店嗎？」面對她不安的表情，我想起曾經單槍匹馬的自己，忽然冒起了一陣冷汗。

為了不負所託，我還是持續來這家既危險又不便（離地鐵站實在太遠了）的藥店買藥，只是盡量把時間改成白天。直到有一天，我經人指引到上野附近大賣場購物時，無意間在人潮川流不息的開架式藥妝部看見了定價，真是深深覺得「國旗」藥店辜負了我的信任。原來東京人都是到這裡來尋找批發價啊，我有點後知後覺的恍然：如果

「國旗」藥店真是便宜，為何店裡從不見人潮來往，似乎都只是臺灣人在光顧？想到次次甘冒「生命危險」，不惜從新宿東口辛苦跋涉，始終忠心耿耿到店消費的自己，不禁哀悼起一廂情願的同胞愛。

從「國旗」藥店畢業後，仍持續買藥的我忽然精明許多。凡經過高掛超便宜「激安」招牌的藥妝店，就訓練有素的進去比價，除了精算價格，還要加上路途遠近與交通費的評比，更不能干擾原本的悠閒步調。

不多久我就發現競爭激烈的涉谷區藥妝店比上野附近的大賣場便宜，而且純粹藥店的賣價更比藥、妝通吃的藥妝店甜美。有一次NHK做了日本藥店的介紹，東京的涉谷果真勇奪成藥通路一級戰區，內行人都說「買藥當然去涉谷呀」。的確，雖然大阪心齋橋商店街內也有不少大型藥妝店相互拼場，但價格仍不敵涉谷便宜。不賣化妝品的單純藥店空間寸土寸金、十分狹窄，櫃檯後有不少藥師穿著的人員在服務，人潮因此迅速的流動。我把事先寫好的藥品清單交出去，東西很快聚集在櫃檯上，然後計費、付款、到走出店外不超過十分鐘。

從涉谷電車站的忠犬八公出口廣場一直到109、巴爾可、西武百貨商圈，是青少年流行聖地，大型電視牆彷彿此地的心臟，總是強力放送最具人氣、話題的商品與影片。誰知這種屬於老年人需求的藥品「商圈」竟然也棲身涉谷，以致於早已脫離裝可愛年代的我仍必次次來此報到。

到底什麼藥如此受臺灣人青睞呢？幾乎老少咸宜，臺灣人齊聲推薦的一種「LU」發音開頭的感冒藥絕對是第一名，還有耳熟能詳的正露丸當然也入列。不過這些都太普通，像綜合維他命、合利他命之類的才是大宗，雖然價格不見得比臺灣便宜多少，但這種健身補身的藥品還是當地貨受歡迎。比較令人吃驚的是在臺灣賣到三片一百元臺幣的進口酸痛貼布，居然可以拿到二十片約臺幣兩百元的價格。

我自己是除了普拿疼之外幾乎不吃成藥的，雖然現今醫病關係有些緊張，但不論大小病我還是相信醫生處方籤。也許是犯了「心不誠則不靈」的大忌，我曾嘗試吃「LU」字感冒藥但絲毫不見效果，也吃正露丸而腸胃仍然不安分，酸痛貼布倒能救急，但碰到肌肉拉傷還是足足做了半年的復健才康復。至於維他命，不管哪一國製造我一律會忘記吃。

所以買藥這事真是為人作嫁，但卻也因為會固定到涉谷，無意中便形成了定點觀察，多年來一點一滴看見這個城市的變與不變。

電車站忠犬八公口是相約見面的熱門場所，在手機未普遍的十多年前，出口廣場的那一長排公共電話亭是很有用的。我經常在那裡打國際電話回家，一方面做買藥的最後確認，一方面報平安。直到國際電話偽卡日漸增多，終於迫使日本電話公司限制國際電話卡的通用，在我手中的電話卡成為廢物的那時，那排電話亭對我就失去了意義。接著，手機時代至少早臺北五年來臨的東京，廣場上約會男女人手一機，那排電話亭就「淪落」為塞滿、貼滿情色廣告的存在。而最近我從電車站出來，一路走到藥店，竟始終想不起來：剛剛我有看見那排電話亭嗎？

但有一種流行東京是比臺北慢的，這使我在東京時會想念臺北。一是禁菸運動，一是星巴克美式咖啡所帶來的各式連鎖咖啡店風潮。前者對不抽菸人口比例較高的女性是困擾的，因為幾乎找不到一家「乾淨」的用餐地方；後者對於想尋找一家能光明正大去歇腳喝咖啡的單身女性來說是個渴望，因為不會有去傳統咖啡店一個人喝咖啡所帶來的不當聯想。

就在那一年我走出涉谷車站，在心臟地區的大樓上看見星巴克的標誌，以及玻璃帷幕內滿滿的人潮，怔忡了兩秒，便意識到這家室內全面禁菸的美式連鎖咖啡將挾著高明的商業手法，迅速席捲日本，帶來新的咖啡文化。果然，就在短短幾年，這家咖啡店以驚人的數目成長，在角落與街道上進行了城市景觀的革命。而禁菸意識也出現了，雖然站在忠犬八公銅像前面等候的青春男女仍大剌剌的抽菸並將菸蒂扔在地上，但近年來大小餐廳帶位員已能有「抽不抽菸」的詢問，真是讓人感動。

新的事物不停在更新這個城市，但消失的東西仍然重重地襲擊我的感受。譬如十年來每次必去的那家連鎖燒烤店忽然從東京消失，從涉谷找到惠比壽找到池袋就是不見；還有喜歡去逛的地下街逐漸從「雜貨」式走向時尚摩登，反而充滿距離感；連不再適合自己的109百貨也已經從一般辣妹區成為羽毛、皇冠、假髮假睫毛等「公主」變裝集散地。

你生命裡熟悉的座標陸續的沉默退場，就好像自己的那段人生也不存在一樣，縱使這樣的悚然一驚會被譏為「未老先衰」的象徵，但卻也假裝不了心裡確實是有點悲涼的。

這時忽然覺得能持續到涉谷買藥是一件幸福的事，雖然舊的藥品也已經替換不下數次（像幫爸爸買的撒隆巴斯就不知是第幾代了），可是能和藥師談談舊藥的更新也很有「歷史存在感」呢。

當然我也有心理準備，有一天依例去涉谷買藥時，藥妝街皆已轟然移除……那麼我想，面對新的市街，我一定會有「莊周夢蝶」般、不知是夢是真的惘然。

掉傘的北野坂

明明知道我不帶傘出門的日子往往會下雨，但偶爾還是想偷懶不帶。在臺北還可說服自己帶傘至少可以遮陽美白，出國旅行多半是戴帽防曬（撐傘旅行顯得有點蠢），就覺得帶傘出門麻煩了。

在歐洲因為一出門就一整天，救急購物不便，還是乖乖帶把傘保險。但在便利商店發達又天氣預報值得依賴的日本，我只要看到降雨率在百分之三十以下，就會生出「賭一賭它」的豪氣。但不知為什麼，帶傘的我總會碰上百分之七十的晴天，不帶傘就經常遇上那百分之三十的雨。有一次不信邪，帶著傘從東京到達熱海後發現天光大好，便決定把傘連同手上雜物一起鎖進車站前的置物櫃，誰知……不到一小時天色便瞬間渲滿墨色，雨就滴滴答答下個不停了。

這時我只能去買救急用的那種透明塑膠傘。其實不只便利商店，通常是一下雨，幾乎所有的店家就會忽然擺出透明傘放在門口賣，三百五到五百五日圓不等。與其說是會做生意，我倒覺得是個貼心的舉動呢。

但買了傘後，到回國時又是個難題，這傘說便宜也不便宜，說貴也還好，帶不帶走都兩難。拿著它招搖上飛機實在累贅，有次隨行李配送，它竟然卡在輸送帶出口讓機器停擺，後來就多半留給飯店打掃人員回收使用了。

漸漸的，我便習慣在包包中認命的放把傘，不再付出買傘的代價。

所以，在神戶北野坂遇上大雨真的是意外，明明幾天來都是豔陽高照，氣象預報降雨率是零，我還天天帶傘觀望了幾日，才放心把傘扔在飯店的。來到異人館區，地圖才攤開，斗大雨珠竟然就打在紙上了。連稍稍思索的時間都沒有，急雨傾盆，我只能在沒有騎樓的街上拼命跑拼命跑，然後悶頭撞進一家麵包店。

喘了喘氣、拍掉身上的雨珠，才意識到這家麵包店的安靜，雨聲都被擋在外面，只見涓涓雨簾無聲的掛在落地窗外。店中客人輕聲細語地在選購麵包，沒有人如我狼狽。

「歡迎光臨。」店員微笑招呼著。

可是我並不想買麵包啊，而且買了麵包還不離開也很奇怪，我尷尬的環視四周，忽然發現寫有餐點的小黑板。

「嗯，有午餐嗎？」我問。

「是，請隨我來。」店員領我穿過麵包區，經過長廊，走下旋轉梯，到達挑高空間的 B1 餐廳區。

我吃了一驚，這真是別有洞天。

看來是義式風格的餐廳，無論燈光與音樂都恰如其分，襯著正在用餐人們的輕輕語聲，以及挑高玻璃窗外彷彿從天而降的安靜雨絲，室內氣氛讓人身心放鬆。我先將大雨放一邊，安心吃著美味的午間套餐。

到喝咖啡的時候雨還在下，我終於告訴同行的朋友：「我去買傘吧。」冒雨衝出門外，我打定主意這次不買透明傘了，要買一把「真正」的傘，然後帶回臺北繼續用。我挑了一支有木質手把和鵝黃色傘面的自動傘，一路帶著它到旅程結束，卻在上機後，發現把它遺留在候機室了。

「就在我們休息的那個椅背上呢。」我遺憾的描述著傘最後的位置，腦海中還清晰浮現那個畫面。

幾年後我又來到北野坂，繼續上次未完的行程。

汗流浹背的看完幾個著名的外國使節行館與商人洋樓，卻沒有什麼太驚豔的感受，不知是不是因為烈日當頭的關係，上坡下坡只覺得頭昏腦脹，加上舊洋樓裡撲鼻而來的霉味，以及某些有打獵癖好的主人掛滿獸頭獸皮的驚人裝飾，入內參觀時只想匆匆離開。

實在不需聽信套票銷售員的口沫橫飛，除了幾個地標館，大部分異人館的精彩之處，就是在外觀而已。

無論如何，參觀行程圓滿結束，我充滿期待的走向那家麵包店。

從街頭走到街尾，居然找不到。

重來一次，我甚至模擬當時悶頭跑步的方位，還是找不到。

我站在豔陽下，巨大的悵然從我胸口湧出。

這時我已經分不清楚自己是為了參觀異人館、還是為了要來這家麵包店，所以再度來到北野坂了。因為，如此「盡責」而豐富的完成了北野異人館之旅，咀嚼起來竟遠遠比不上那個狼狽的下雨天迷人。

我反覆向朋友求證：你記得是這裡下雨吧？記得就是這個方位吧？記得那頓別有洞天的午餐、記得我跑去買了一把鵝黃色的傘、記得我把它忘在候機室了？……這時我忽然發現，那把傘是證明那個下午、那個麵包店、那次午餐具體存在的唯一證物，

北野坂的坡路兩旁有個性小店，安靜悠閒，適合散步

我卻沒留住。

還好同行的朋友是同一人，不然豈非成了我的癡人說夢？

那就找找我買傘的店吧。果然，那家類似臺北黃色小鴨的生活舖也消失了。實在不敢相信兩年的滄海桑田，也不相信兩個人的記憶同時出錯，所以我說：

——該不是下雨後，街景會改變吧？（宮崎駿的「神隱少女」看太多遍了。）

——還是北野坂藏著異人館殺人事件的秘密？（「金田一少年事件簿」中毒太深。）

——不然就是……

少了那家店，好像少了一個完美的句點，心情變得很無趣。

但我們胡亂討論著這個話題，居然一路走下北野坂，經過三個巴士站牌，到達熱鬧的三宮車站。

回頭看北野坂，因為高溫的關係，遠遠的異人館有種海市蜃樓般的迷濛。

「哇，我們居然走這麼遠！」

「哎喲！幸好車站還在。」

兩個人都笑了。

after dark

村上春樹的《*after dark*》寫東京深夜十一點五十六分至清晨六點五十二分之間所發生的事情。故事以一個寧願逗留在Skylark和Denny's美式連鎖餐廳看書、徹夜不歸的中學女生為主線進行著。

讀這本書的時候感到很奇異，因為剛剛體驗了東京Skylark和Denny's餐廳的深夜和清晨回來，彷彿有種身在《*after dark*》故事現場的感覺。

那夜由於飛機誤點加上路上塞車，機場巴士駛進都心時已接近晚間十點，車上的外國乘客包括我早就飢腸轆轆。因為拿了免費機票的關係，所以這次我大手筆的、要一個人住進新宿的五星級飯店。儘管如此，我可不打算在飯店內做昂貴的消費。

以前住商務旅館時，附近必定有許多便利商店圍繞著，但五星級飯店區就未必，所以時間愈晚我就愈擔心找不到地方覓食。畢竟這是連速食店都在晚間十點打烊的日本。

車至新宿，快到飯店，車內忽然一陣騷動，我看見窗外

Denny's餐廳窗明几淨的燈光，以及在夜空跳動的招牌，那些來自美國的旅客像觸動鄉愁似的，高興的討論起來。

待會兒要不要去那裡吃飯？我在心裡想。

二月初的東京深夜非常寒冷，而且鄰近中央公園的飯店區四周很黑，雖然Denny's不遠，既安全又明亮，但一個人要冒雪走出飯店還是有點遲疑。

辦理住房手續時又折騰了一陣，因為對方弄錯我要的房間，讓我上樓又下樓，最後才找到我的e-mail附註，跟我道歉老半天。結果已經快十一點了。

雖然這樣幻想很沒出息，但我還是希望聽到他說：「為我們的失誤送您一頓晚餐吧。」

才沒有呢。

我終究還是去了Denny's。

這種二十四時營業的美式連鎖家庭餐廳，是深夜「單純」的去處，就算是女生一個人也無所謂，不會引起側目。餐點說好不好、說壞不壞，沒什麼特色，但還算便宜實惠，咖啡可以一直續杯，讓你待到高興為止。

我叫了一份簡餐，一邊看書一邊等候著。餐廳人不少，但很安靜。大家各自盤踞

已是新宿地標的都廳經常出現在戲劇中，清晨的街頭，陽光初昇，難得的安靜

在自己的空間，有些人看起來非常疲憊。我沒注意餐廳流瀉著什麼音樂，也沒注意有沒有像在《*after dark*》書中的女生瑪麗。還是，我看起來就像瑪麗（雖然我不是中學女生）？

很難說明置身其間的感覺，總之，彷彿處在真實與不真實之間，整個氣氛埋藏著許多故事的開端。

回飯店時我才注意到旁邊有一家 **Skylark**，我貼著長長的落地窗向內看了一會兒才離開。隔天早上醒來決定去 **Skylark** 吃早餐，門口的 MENU 已經換上早餐的樣式，我走進去，要了一份日式稀飯。還不到七點的星期天清晨，這個城市看起來還在沉睡，**Skylark** 裡人不多，有的還趴在桌上睡覺。好像只有我的精神比較好。

這些人是從昨夜就待在這裡嗎？為什麼不回家？當中有沒有離開過？發生過什麼事？

我一邊等餐，一邊胡思亂想著。

後來讀《*after dark*》，恍然大悟，覺得村上春樹好像幫我把東京深夜十一點五十六分至清晨六點五十二分之間的故事補起來一樣。

再生的幸福

因為回程要在日本停留的關係，一九九五那年冬天搭了日航班機去夏威夷。

東京直飛夏威夷的班機外面有彩繪的天堂鳥，看起來像歡樂的度假專機。來到機場的日本旅客個個掛著神采奕奕的笑容。可是我們一大早就從臺灣出發，在成田機場等候七個小時的轉機時間，已經精神不濟。

要是能坐商務艙就好了。我心裡偷偷幻想著。

形同被日本人管轄的夏威夷，讓日本護照免簽證通關，於是在日航班機上一路維持著好心情的日本遊客，夾雜著愉悅興奮的笑語，呼嘯的入境揚長而去。相對於必須懷著忐忑心情，面臨嚴格通關盤查的我們，還真羨慕這樣的「幸福」。

以Waikiki海灘為主的度假區，全年無休的洋溢著度假氣氛，大多是日裔或韓裔的商家操著英語、日語或韓語，笑嘻嘻的做生意。因為有龐大的日裔作為後盾，日語幾乎是通用語言，日本人度起假來，無論男女老少應該都很自在。

我一方面悠閒的吃喝玩樂，一方面也看見了他們理所當然的優勢。

離開夏威夷我將前往東京，同行的朋友則去京都。

出發前一天再度去日航公司確認機位，正散步回飯店時，路上遇見了不該有的騷動。

「earthquakes！earthquakes！」聲音隨著快報的發送迅速地蔓延著，聚集的人愈來愈多。

阪神大地震廢墟般的斷垣殘壁以巨大的版面襲來，吃驚不已的我們匆匆跑回剛剛離開的日航公司。

裡面已人聲鼎沸，訂機位的、取消的、打聽災情的、詢問機場狀況的日本人蜂湧而至，服務人員有接不完的電話。我們確定了航班一切如常，仍然維持原定的行程。

要返鄉的日本旅客使飛機客滿，我意外的拿到商務艙的登機證。

天堂鳥的翅膀變得很沉重，歡樂專機已成憂傷專機。

我「如願」坐上了商務艙，相對於機上憂心忡忡的肅穆臉龐，還能輕鬆的躺臥椅中享受著隨身攜帶的輕小說。念及自己入關時曾有的羨慕、日本旅客神氣的優勢，現在因他人之禍而得福的我不禁想著，所謂的幸福，究竟是什麼？

東京每個地鐵站出口都有年輕學生捧著箱子募捐，箱子上是災民的影像，這群剛剛才歡度過新年的人們，包裹著政府發送的冬衣，呆坐在一年最寒冷的季節中，沒有印象中該有的呼天搶地，流露出一種茫然而心死的眼神望著蒼天，比瞬間消失的神戶更令人驚駭。

我靠在涉谷站二樓的窗邊吃著飯糰，陽光撒在女學生不停鞠躬的髮際上，持續發聲的「請救救兵庫縣災民！」成為空氣裡不變的節奏。我十分理性的想著地震發生的原因，一邊回想著自己曾做過的一些臺灣地理性節目與地震學家的訪問，憑空畫著臺灣地圖，勾勒出幾條斷層帶，想起臺灣也會有地震。

幾年後，臺灣九二一地震來襲。

在停電的漆黑搖晃中，我迅速的下床、安撫家人、打開鐵門，正思忖該不該下樓。地震停止了。

天亮後才漸漸睡去，醒來時知道中部親人一切安好，但開陽剖肚的山川，人們哀懼失神的面容，藉著螢幕不斷撲來。小時候去外婆家嬉戲的林園，大學時辦活動去過的翠嶺，做農委會紀錄片知道的茶園、林像，正如自己的斷代史已被連根拔起。在地者更無可選擇，被迫成為災難的見證。

我忽然想到當時坐在日航班機上的自己，在涉谷車站理性觀看募款的自己，以及昨夜為中部親人擔心的自己、現在仍不安的自己，不得不哀傷的發現，所謂人溺己溺的情操，如果不經過親身的體會，是無法刻骨銘心的。

經歷翻天覆地的毀滅，希望看見再生的未來，我們都重新學習了幸福的意義。

限定的夏日

覺得日本商品最喜歡玩季節或地區「限定」的手法了。運用特殊季節、特定區域才有的特殊材料或設計，出產「只限此時此地」獨有的最佳商品，緊緊抓住消費者追求獨一無二、又特愛嚐鮮的心理，以締造銷售佳績。譬如「冬令限定超濃巧克力」、「京都限定和服 Kitty 娃娃」、「花見限定便當」……應有盡有。

大概是因為地理位置與農產品多樣的關係，這種「限定」的驚喜在北海道最多了。初到之時，簡直感動不已，先不論別的，光是能買到「僅止此時此地、別無分號」的產品，就覺得千里迢迢到北海道真是值回票價。譬如薰衣草紫色 Kitty、鑰匙圈、起司、葡萄酒、超濃牛奶糖、白色戀人巧克力等等，全部掛上「北海道限定」的牌子，令人心癢難耐。

只是，太相信「限定」，有時是會受傷的。

在各機場看見相同的商品還好，在東京各大車站、賣場中看見也勉強接受，但在臺北超級市場裡也看得到，就真的太讓人傷心了。

其實我應該了解，真正的「限定」是不能操作的，如果可以操作，當然隨時可以再來一次。所以，對北海道的老遊客來說，大概沒有什麼東西是真正限定的了。許多事物第一次見是驚喜，第二次見是複習，第三次之後就是一種慣性的存在。那些花海、薰衣草、雪景、美食，只是理所當然。

但是很奇怪，就只有那個夏日，不論我再去幾次札幌——即使是刻意計畫的，似乎都不會重現。

那個札幌的夏日，只能用紛亂來形容。

七月最後一個週末夜，我從千歲機場往札幌市區駛去，巴士遇上嚴重的塞車。窗景是黑的，看不清外面的世界，但隱隱然騷動的人影與人聲，逐漸逼來，暗裡並夾雜著爆破聲。

車行愈來愈慢，進市區過橋時人潮團團圍住動彈不得的車龍。司機廣播：「不耐久候的乘客可以下車，找最近的地鐵站搭地鐵。」然後車上走掉三分之二的人，我是那剩下的三分之一，十分錯愕而忐忑的坐著，直到看見夜空中第一朵火花。

「啊，煙火！」朋友的驚呼未歇，便瞬間焰火齊放，佔有夜空。

河邊是人、橋上是人、街道是人，連馬路上都是人，就是為了夏日的一場煙火？真令人難以想像。但是不止，當我們好不容易下了車，拖著行李在街上找飯店，每個錯身而過的男女老少，都穿著色彩鮮豔的夏日浴衣，梳著俏麗的髮型，搖著團扇，說著笑著，佈滿街道。路旁處處擺設臨時啤酒攤，「一杯一百円、一杯一百円」，賣家一邊說一邊就遞給行人。

已近晚間十點，但札幌市街沒有打烊的跡象。

真是混亂啊，歡樂的混亂。你緊繃的臉龐會不由自主地展現微笑的弧度，然後笑著問飯店櫃檯：是什麼節日呢？櫃檯人員卻只是淡淡的說：慶祝夏日和暑假的來臨。

歡樂的氣氛延續到早上。

作為札幌門面的車站正在整修增建，包著帆布的外觀像正在為演出作準備的舞臺，札幌市區便彷彿有一種戲將開演的興奮，以及「後臺」式的紛雜熱鬧。

大通公園一早就三兩群聚了度假散步的家庭，十字路口有身穿鮮豔背心、青春洋溢的工作人員在發傳單和扇子，上面五顏六色並加上一隻咧嘴大笑的狸貓，寫著「狸小路祭，歡迎光臨」。你接過傳單和扇子後，就在他們親切的笑容和聲音一路簇擁下，知道了大拍賣將於晚間展開。吃過晚飯，便不由自主的來到這條札幌最具規模的狸小

上：某年夏天札幌的狸小路祭
下：舊札幌車站前，某星期日的跳蚤市場

路商店街。

整條街正沸騰著。

每家店鋪都將拍賣商品源源不絕的從店內堆向門口，並且相互叫陣。拍賣方式更奇特，不是從拍賣價向上標，而是一路往下殺，殺到有人買為止。譬如一套骨瓷餐具組，店家喊出一千日圓、八百、六百、五百，到四百有人認買才停。還有六人份虎牌電子鍋，五千日圓的底價已經夠低的了，老神在在的主婦還是等到一千才出手。

最令人高興的是，商品一定是當季正品，而且一拍賣就不收回，店家還裝模作樣的為了怕乏人問津，得一面喊價一面說盡商品好話，央求售出，場子極其熱烈。其實哪會賣不掉？買賣雙方心知肚明，但這儼然上演著「顧客最大」的戲碼，攪得大家興奮極了。你只要臉皮夠厚，即使喊出再離譜的價錢，東西也會到手。

人擠著人，到處都是歡樂的喊價聲。我也四處張望，躍躍欲試。一面看人喊價，一面盤算著什麼價錢是既上道又夠「狠」的。最後喊價五百日圓買了一柄法國進口平底鍋，雖然在那氣氛下興奮異常，但其實完全不曉得自己為什麼要帶著一只平底鍋繼續旅行……

這是我第一次到札幌，在還來不及反應下，被推進夏日慶典的歡樂隊伍中，不必思索，只要放下束縛、高興的笑著，然後一路跟著往前走就是。

如果我沒再去過札幌，我會以為札幌夏日應該一直是那樣的。

因為飯店人員的平淡反應，那歡樂的混亂被我視為札幌夏日的常態。可是卻再也沒遇見過。

起初以為是日期不對，還特別鎖定七月底的週末再訪。有一次雖然在車站旁遇見假日跳蚤市場的歡樂，但隨著新車站的落成，廣場換上花木扶疏的整齊新貌，也容不下跳蚤市場的紛亂了。後來便上網查詢，雖然有北海道各地夏日煙火節的資料，但如何找，就是不見「貍小路祭」的訊息。

一條商店街的節慶太渺小也太狹隘了吧？所以構不成吸引各地眼光的條件，也沒有「限定」的資格。

也許，在揭下新車站布幔的剎那，所有屬於「後臺」的熱鬧都該停止。我看見新舞臺的繽紛，只是忘不掉曾經闖入後臺的驚奇。

沒有複習的機會，也不會是理所當然。

我因此擁有了真正的北海道限定，限定的夏日。

再見鷹之台

原來我是不想去的，因為那日自札幌返東京後，精神與體力都有些疲累。

但是她說：一定要來，不然會後悔。所謂後悔，大概是指錯失了一些人和景致吧。因為她說那河是日本文學家太宰治自殺之處，在冬日裡有著分外蕭肅靜謐之美；而就在不遠，有位來自蒙古的朋友正好意準備著蒙古烤肉在等待著我們。

由於未曾眼見，所以我並不真的在乎是否會錯失什麼，但在仍有些闌珊、只想會面聊天便好的心情之下，我終究不忍拒絕的應允了她的好意，從池袋搭中央線一路往西飛馳過去。

在車中就明顯察覺景致的轉變了。像策馬殺出亂軍重圍，一面還回頭張望一面就等不及要大呼一口氣般地，隨著快車擺脫東京都心的混雜緊張，我的心便不覺地鬆弛下來。車窗上如安裝了自動翻頁的風景圖片，一頁、兩頁、三頁……用越來越少的人、越來越多的樹、越來越寬的天空介紹著你就要前往的目的地。

鷹之台附近的井之頭公園是著名的賞櫻景點，也是常常出現的戲劇場景。此處住宅區環繞，在氣氛上很安靜，賞櫻時不准攜酒入內，和上野公園撲鼻而來的酒氣與嘈雜的庶民氣很不同

鷹之台這個地方應該就像是日本典型的市郊城鎮吧，因為屬武藏野文教區，在尋常過活的生活空間裡多了些人文的、寂靜的氣味。她說這才是令她心動的氛圍，不是那個彷彿安上了彈簧、永遠跳動不停的熱力都心。我對在此投河自殺的太宰治並不熟知，而這冬季裡近乎乾涸的河川，卻因為他而有了不同的意義。河兩岸是高聳的枯木，枝椏恣意伸展著，我們踩著清脆作響的枯葉沿岸輕聲的交談。

走到了盡頭又折回來，這時我看見一個背著背包的女子從橫裡插路走過，瞬間的照面使我從交談中分神。那張臉，令我想起了國中時期一個極為親密的友伴。非常不能控制的，我打斷了原先的話題，有些興奮的說著方才那個女子以及我的國中同學。那時期距童年還不遠，我和她的情誼就在孩子心性與手帕交之間流動著，明明是天天見面，彼此還要寫信，上課寫放假更寫，收集起來滿滿的好幾個鞋盒。

後來呢？被我打斷話題的朋友好奇的問著。

其實沒有後來。畢業後，一個上了高中、一個在五專，世界開始不同；更重要的是心情的陌生。「妳知道，」我跟朋友解釋著，「不是因為高中與五專的生活缺乏交集，而是在世俗眼中彷彿知名高中與私立五專間有著身分地位的差距似的，使我們的相處滲透了一種微妙的情結，漸漸的便疏遠起來，不再聯絡。」

想來竟已這麼多年了，如果不是方才那名插路走過的女子有著一張與她相同的臉與眼神，恐怕我也很難再在生活中翻出對她的記憶。

還記得她的名字嗎？朋友問。

當然。我笑。

那就大聲喊她。朋友說。

我吃驚的停下腳步。喊她？在這個異鄉的靜謐河岸上，要我對一個陌生女子的背影瘋狂的呼喊？

「妳喊，如果是她就會回應妳；如果不是，對那不懂中國話的日本女子而言並不冒犯。」

我仍然覺得匪夷所思不肯依她。朋友便忽然問了她的姓名迅速的縱聲大叫。聲音飄散在枯空的枝椏間，消散之後的寧靜顯得特別迫人。我們屏氣站著，才數秒，就看見前方的女子轉過身來，我和她都十分清晰的看到彼此的臉。她並沒有回應我，只是站在原地。

是嗎？真是她嗎？朋友問。

只覺全身血液都奔騰起來，我慢慢移步靠近她，終於面對面。問她：妳是×××嗎？

她很快地梭巡了我一下，便驚叫起來：啊，妳是——啊，是妳——啊，怎麼可能？啊，啊——。我也跟著叫起來，兩個人一面跳一面叫，彷彿那是我們當時所能回應這不可思議的唯一方式，直到朋友追上前來。

她就是我少年時的友伴陳君。可是怎麼會在越過時間之後，又越過空間千里迢迢的來此再見呢？何況我只不過是鷹之台的短暫過客，再過半小時就要返回池袋，甚至再過半天就要返回臺北了。這樣的匆匆，連敘舊都教人慌張。而她倒是在鷹之台的，已經四年。

她來到此地圓一個夢想。學商業設計的她一直希望到日本唸美術，因為金錢，因為語言，畢業之後花了許多時間，工作、放棄、再工作，終於在多年之後完成最初的盼望。「剛來時語言能力不好，常常躲在被窩裡哭。」她說。可是這些都過去了，就在這個月她已從武藏野美術大學畢業。

「因為輕鬆不少，所以今天不騎腳踏車，慢慢走出來散步。」

該如何解釋這由許多巧合堆砌而來的情境呢？即使是能在小說中營造各種巧遇情

節的自己，也無法視之若然。從朋友硬要我來到鷹之台開始，這所有的一切是不是就已在命運的掌握中了。

我們交換了一些國中同學的近況，說到改變極大的都不禁失聲尖叫起來。但我就要返回池袋了。

今晚不能留下嗎？

不能的。因為已與人相約，無法聯絡更改。

是嗎？這樣嗎？

就是這樣啊。

於是我們一起走到車站，然後她說要陪我搭一程。

很快的我便到了轉車點，就要道別。她在車前叫著：好想跟妳去池袋喲！措手不及間，我轉身給她一個擁抱，便跳上了車，車門瞬間關上就要開動了。剩下的只能揮手：再聯絡啊，再聯絡啊。她說我說。

而我們並沒有交換彼此的地址，事實上我們在臺北的地址從來沒有更改過，但是也從來沒有聯絡過。激情之後，這時我忽然覺得也許只是因為身在異鄉，才使我們的相遇如此興奮莫名；而也許也是因為相敘的時間是如此緊迫，才教人這般的不忍。而方才那句：再聯絡啊，再聯絡！是不是像飄散在空中的氣泡，美麗而脆弱？

這樣的再見應該是最完美的吧，像兩列火車的忽然錯身，你卻能遇見曾經熟悉的臉，因為短暫，所以感動至深、至久。

車窗玻璃上的風景片再度快速的翻動著，越來越多的人、越高的樓、越少的天空。耳邊不斷響起的是昨晚朋友的要求：不來妳會後悔的……

再見，鷹之台。

黑夜的夢風船

「歡迎光臨。」纜車來了，兩名歐吉桑服務員幫我拉開廂門，然後互看了一眼。「啟動囉。」關好門後他們說。球體型的纜車滑出軌道，駛向山上的布引藥草園。

我一個人獨坐一車，想著方才歐吉桑們互看的眼神。他們一定在猜想：這女的該不會是要去自殺吧？或是，這女的其實就是個「阿飄」？

因為這時是無花無人氣的初春，又不是假日，會來搭狀似氣球的「夢風船」纜車觀看新神戶夜景的遊客幾乎微乎其微，何況現在已經是晚上八點半，到站後離九點的收班車剩下不到半小時。

「這女的這時上山要做什麼？」

連我都很想問。

我在夏季來過這裡，所以知道山上的樣子。當時繽紛熱鬧，

位於新神戶山上的「布引藥草園」溫室與資料館

溫室有豐富的花，坡地是整片藥/香草園，店舖賣著花草製品，旁邊還有美術館、結婚式場和押花教室。但現在山上店舖早就關閉，四周應該只剩黑壓壓的樹影和呼呼冷風吧。

我背對行駛方向坐著，讓「風船」像提著我領口往上揚，一步步拉開向山下遠望的視野。七彩的球體纜車在半空來來往往，就像載著夢想高飛的氣球，但在黑夜裡什麼形色也看不見，只有點著燈的窗口最清楚，每個來往的窗口都沒有人，除了我。

其實我從早上八點自飯店出門後，已經整整待在外頭一天了。昨夜剛進入位於當年神戶地震中心、三宮地區的飯店房間，就有說不出的壓迫感，先是到廁所乾嘔了一陣，接著打電話給在東京的朋友，若無其事的聊天到深夜，然後開燈開電視，試圖疲勞轟炸，讓自己慢慢累得睡著。

雖然暗暗覺得也許房間「有問題」，卻有點自虐沒打算逃走。外出後我先搭車去京都、然後到大阪、再回神戶，整天團團轉，但一想到要回房間就忽然心悸、胃也痙攣起來。所以一直待到天黑，直到七點百貨店關、八點地下街關，無處可去，便來搭末班的「夢風船」吧。

我並不喜歡新神戶的夜景，既缺乏好看的建築造景，燈火只有白光熒熒，稱不上璀璨，看來甚至有點悽慘……我一邊搭著「夢風船」，一邊內心吵雜的批評著，才忽然發現，夜景其實只是代罪羔羊而已。

因為想逃避上班的苦悶，所以開始進行另外的人生計畫，雖然像兩頭燒的蠟燭，但可以假裝有寄託，然後忙碌到忽略上班的種種。當計畫終於辛苦完成，理應為自己拍拍手、給個獎勵，所以來旅行。

真好，完成既定的計畫，有了成果，鬆了一口氣，真好。從出發到途中、到抵達，一直告訴自己「真好」，其實卻不是這樣。

計畫的結束如果不能帶來人生的任何轉變，只是將日子帶回原點而已。因為沒有忙碌來麻痺，也沒有下一個計畫，重回無所遁逃的原點反而比最初更為難耐。不知能不能再為人生開啟下一個轉機的不安，早在自己未察覺時就跑在獎勵旅行的喜悅前面了，那種矛盾衝突終於在自己被關在侷促的單人房時全部跑出來。

我因為潛意識裡不想逃開所以願意「自虐」式的留在那個房間吧？留在那裡走完所有的行程，一直到我和自己和那個房間和平共處為止。

這是我至今最痛苦的一次個人旅行。但彌足珍貴。

輯三　這些人，那些人

請進，九谷燒見學中

因為搭錯了路線，在不知名的路口下得車來，已遠離熱鬧的市集，但見附近散佈著寺廟清靜的院落。

天很陰，覺得就要下雨，但點點落下卻是結實的雪粒。

「我們得快走。」我輕促著友人。

都說日本海沿岸的金澤市有小京都之稱，除了名園兼六園之外，與之抗衡的加賀友禪與陶器等等亦展現了高度文化。但昨日來到金澤的我們，也許是正逢隆冬的關係，加上星期三百貨店公休，只覺蕭條得緊，約莫只在站內商場找到豐饒與繽紛的景象。

與京都的清水燒一樣，金澤的九谷燒亦富盛名。我因為喜歡觀賞陶瓷玻璃等器皿，所以便根據手冊前往著名的九谷光仙窯。

但如何也沒想到這九谷光仙窯竟處在十分僻靜的巷道內，從外表所見不過是兩三幢工廠似的灰暗建築。方才因走錯路而拖延了時間，以致現已置身大雪中的我們，原本熱切的心便逐漸冷卻下來。

在對面人家的停車場前稍作休息，拍掉身上的積雪，打不定主意是不是要進去。手冊說這光仙窯天天都有燒陶的示範見習，但在大雪中視線逐漸模糊的我們，實在看不出有任何人影活動的景象。

「是今日休息，還是手冊錯誤？」友人說。

我搖搖頭，一點也不明白。但愈來愈大的風雪使我們進退兩難。我看看天空與四周，整個巷道晦暗而安靜，如果把鏡頭拉開，世界只剩我們小小的身影，彷彿唱演歌的漂泊旅人在雪地裡踽踽獨行。於是我把圍巾緊緊箍住頭顱與臉頰，準備冒雪走向大門。「去看看吧。」我說。

門前有小小的火爐，而門扉緊閉。

「對不起。」我一面說，一面拉開木門，嘩嘩嘩。

裡頭有人，包括店主和客人，但異常安靜。所有的人都在空間狹小的展示間內輕聲的交談，店主抬頭對我們微微一笑，便又專注的與參觀者解說著。進屋前我原本感到羞澀的心情忽然被這樣「漠不關心」的對待釋放了，原來在我徘徊風雪中的當時，他們早就將風雪關在門外，隱身於九谷燒的溫暖世界中。

位於金澤的九谷燒光仙窯工廠，外表非常樸實

展示間樸實簡單，鐵架上擺著各式的陶瓷，並精細的分出精品與瑕疵品，價錢自然相差許多。單看瑕疵品是很難發現失誤的，與精品相較，才能看出也許是盤底有個小汙點，或者是瓶口稍稍傾斜等等，更顯精品的精細與嚴格。

幾分鐘後展示間裡的木門忽然打開，露出一張純樸的臉，對我們兩個人說：「請進，九谷燒見學中。」

我嚇了一跳。不是因為手冊所寫是真的，而是，是誰通知他外面新來兩名客人呢？又，他們為隨時到訪的客人安排參觀見習嗎？

隨他走進木門更令人吃驚，全然沒料到展示間後有如此寬廣的空間，這時出現一名穿著制服的小姐伴隨我們，從九谷燒陶土的成分，揉搓的過程，以及師傅手藝的巧妙，一路解說著。老師傅自顧自地工作著，有時會頭也不抬的插嘴說明，語氣溫溫然。我看著他塑捏陶土的肥厚手指與專注的神情，連舉起相機的念頭都覺冒犯。接著我們被引至窯場，熱氣立刻迎面襲來，九谷燒就在這酷炙中接受淬煉。

最後再回到展示間，原來的客人已經離開，店主說了聲「請慢慢參觀」後就退居桌後，不再干擾我們。

再度站在展示架前，我忽然有點茫然，經過那樣悉心的引導與說明，是否應該買個東西表示「回饋」才能離開呢？但是瞄了瞄櫃檯，店主埋頭忙著記帳，沒有人在「監視」我，也沒有人跟在身旁「強迫推銷」，我不禁為自己的「小人之心」羞愧起來。

站在門口朝外望，看見天空被木製玻璃門劃成方格狀，雪花在方格中前仆後繼，盡情舞動著。正怔忡的此時，背後驀然一聲：「很冷啊，今天。」我回神返身，對著店主微笑的臉，應著：「是啊。」然後做一個再見的手勢。

「請慢走。」他說。

準備離開時，我再度望了望那扇通往見學之旅的奇妙木門，便奔入大雪中。

這時看九谷光仙窯依然如我先前所得的印象：灰暗、古舊，像冷清的工廠倉庫。但在雪地裡走著，卻彷彿發現前方有木門開啟，樸實的臉說著：「請進，九谷燒見學中。」腹中便有如窯場內的高溫大火，頓時燃遍了我的全身。

大沼公園站的婆婆

喜歡宮崎駿動畫的人大概都知道當中幾個常見的元素，譬如多以女孩和動物為主角，以及對飛行的迷戀等等。不過，除此之外，我不知不覺要注意的角色，就是「婆婆」。宮崎駿筆下的「婆婆」是很有活力的，不管是主宰「神隱少女」命運的錢婆婆和湯婆婆，還有「空中之城」中綁著痲花辮的、孔武有力、有點搞笑的空中海盜船船長，以及幫助「魔女宅急便」裡小魔女琪琪重拾飛行信心的一雙婆婆姐妹；都在佈滿皺紋的臉孔底下，爆發著令人料想不到的能量。這樣的形象讓我覺得很有意思，特別是當我在日本真正見識到「婆婆」們的生命力後，著實恍然大悟。

平日的東京街道閒人並不算多，在旅遊淡季的時候，外來遊客（即使是臺灣旅行團）也很少，我便經常於此時出遊。無論前往箱根、前往鐮倉、前往日光，在疏空的車廂中與我同行的，總是一群群打扮整潔合宜的日本婆婆們。她們多半三四人結伴，恰好佈滿兩列對坐的位子，神采奕奕的聊著天。若到午餐時刻，便拿出自備的便當乾淨俐落的吃起來，然後戴起老花眼鏡研究旅遊手冊，七嘴八舌的討論著。眼神精亮，活力無窮。

在城內也是一樣，有年西武棒球隊打入年度總決賽，預期勝賽時西武百貨將降半價慶賀的婆婆們，依舊當仁不讓，頂著花白頭髮，早早盤踞在大門口，放眼望去著實壯觀。而餐廳推出的午茶饗宴彷彿也是專程為她們準備的，雖然有為數不少的年輕主婦推著娃娃車到場，但是比起來，那些看來「無事一身輕」的婆婆們更有著享受人生的姿態。

這些旅遊的婆婆、購物的婆婆、喝茶的婆婆們有一個共同的特質，就是對生活充滿著新奇的探索力，散發著「就算是七十歲了有什麼大不了的」、不讓人小看的頑強。(不過我當然也經常納悶著：那日本爺爺們都到哪裡去了？是退休後被老婆一腳踢開，鬱悶的躲在家裡，還是自尋樂子去了？)

至於仍然在職場上堅守崗位的婆婆們，生命力就更為「強悍」了。因為旅行的關係，我最常遇見她們的地方就是車站，通常是以小雜貨舖為一單位，畫地為王；小王國不容侵犯，雖然大部分時間是笑容滿滿，招呼客人買便當飲料雜誌之類的，但眼神其實露出「誰也別想在此偷雞摸狗」的機警，必要時絕對不假辭色的嚴厲斥喝，特別是在我領教過大沼公園車站婆婆的威力後，每每經過婆婆們的舖子時總要敬畏三分。

位於函館近郊的大沼公園車站其實是個小站，行經此處的普通電車車廂有時還掛不滿四節，兩班行車間隔也長達一兩個小時之久。當然，往來函館和札幌間的北斗星號特急列車也會在此站停靠，不過，因為票價相差五倍之譜，除非特殊情形，大概很少有人會去搭乘。

可是在七八月的夏天就不同了。因為位於大沼國立公園的出入口，慕名而來度假的遊客將小站妝點得熱鬧非凡。雖然北國的夏天多應涼爽宜人，但近年來也有令人吃驚的炎熱，所以因到站或候車而聚集在小站的人們，很少不光顧站內小店解渴或解饞的。我也不例外，來瓶當地特產冰鮮牛奶，瞬間咕嚕下肚，然後心滿意足地拿著瓶子、連同方才在車上用餐的垃圾，準備往垃圾桶丟去，此時背後忽然一聲大喝：不准丟！

猛一回頭，雜貨舖的婆婆正橫眉豎眼的盯著我，瘦削的臉龐上有凜然的神態，教人不寒而慄。她指著我又指著垃圾桶，嘰嘰咕咕地訓斥了一頓，大約是我不該不先做垃圾分類就打算丟垃圾之類的。我從善如流，開始打量垃圾桶上的說明。這一瞧，才發現此小站的垃圾桶竟靠牆排列，有六七個之多，不鏽鋼桶蓋上密密麻麻地寫著分類的項目，品項繁多，不僅難懂，更已超乎我們對垃圾分類的基本知識，看得我眼花撩亂，不知如何下手。

有空瓶圖案的桶子應該可以扔牛奶瓶吧？才一出手，婆婆又一聲大喊。原來忘記拆下紙瓶蓋了。拆好，再出手。婆婆還是大喊。這次是忘記撕下黏在瓶上的貼紙了。好不容易處理好瓶子。吃完的便當才是大問題，不知道該不該先來個五馬分屍：紙盒和包裝紙一類、竹筷一類、殘渣一類、裝飾用的塑膠葉子一類，橡皮筋？我偷偷塞進口袋裡滅跡。這該通過考驗了吧？可是……厲聲大喝仍舊從後腦杓飛來！

這下大概全車站的人都在看我了，我狼狽地捧著一堆垃圾，不敢回頭也不能離開，忽然覺得這小站真是詭譎萬分，我盯著自己的手腳，深怕像「神隱少女」中的父母不知不覺地就變成豬了……正在胡思亂想的時候，那婆婆一個箭步地來到我身後，倏地接過我的紙盒和包裝紙，分成兩類，投入不同的桶子，再迅速回雜貨舖歸位。

真是好身手！我暗想。卻連頭也不敢回地，筆直朝門外大路走去。

脫離那小站，始覺天地寬闊。步行約十分鐘後抵達的大沼公園，果如圖文介紹所示，得天獨厚的擁有奇特的火山形貌、澄藍的湖水、覆蓋著綠樹的大小浮島、相互連接的橋棧，以及水生植物和水鳥，雖然當時遊客絡繹不絕，氣氛卻依然寧靜美麗。店舖一律在公園入口右側，彷彿有警戒線，不准跨越。園區雖然不禁飲食，不過能讓人

上：整個大沼公園的販賣區就在入門這裡，嘈雜被阻絕在這一塊，垃圾也被阻絕
在這一塊
下：大沼國家公園著名的景致

休憩的涼亭也只設在入口不遠的地方，更重要的是，整個園區內都沒有垃圾箱。儘管對於園區無垃圾箱卻有菸灰筒這件事至今我仍覺不解，但由此可知大沼國家公園不願遊客把垃圾留在園區的堅決態度。所以，這方圓百里的垃圾桶就只有在車站裡的那排了，這時那婆婆嚴峻的臉忽然浮在我的眼前……

事隔兩年，因為帶領家族旅行的緣故，我又來到大沼公園。

那婆婆自然不會記得我，至於我，我當然記憶猶新，一眼就看見依然把小站照顧得乾乾淨淨，端坐在雜貨舖內的她。我一方面警告家人丟垃圾時要小心，一方面將大家速速帶離「現場」。

不過，回程在車站候車時，我又照例買了瓶裝鮮乳解渴。只是，也許是因為有了心理準備，也或許是因為臺北也開始了垃圾分類的教育，再度面對那一排垃圾桶時，我發現自己的緊張感已減低不少。我一邊戰戰兢兢地將垃圾分類、成功「歸位」，一邊偷偷覷著那婆婆嚴峻的臉，卻發現她始終自顧自地忙著，根本懶得理我！我才知道自己有多無聊，不過完成了一項人人都該會的事而已，居然以為值得拍手鼓勵。

小站是如此平靜，只有在秩序被破壞時，「警鈴」才會大肆作響。雜貨舖的婆婆就是那震天價響、毫不妥協的警鈴，頑強地捍衛著屬於自己的天地。因為如此，原本想遠遠拍下這雜貨舖和婆婆作為紀念的我，竟遲遲不敢動手，怕是舉起相機的剎那，忽然又引來「警鈴」大作……

帶著這婆婆的奇妙回憶回來後不久，忽然聽見在臺北實施不到一年、還不夠專業的垃圾分類制度要邁向第二階段了，所有的速食店都必須配合垃圾的分類：紙杯一類、杯蓋一類、殘渣一類、湯水一類、餐紙一類……於是，我從電視上看見所有到速食店用餐的年輕族群恨不得把東西全數吞下肚的表情，但更多的是翻白眼：誰理它？全部扔下去就是了。

這時我竟有一股衝動對著電視機大喊：大沼公園站的婆婆快來呀！我們需要妳。然後忍不住大笑起來。

被罵

雖然在下雪天這樣做有點無聊，但我還是決定拿著日文雜誌的介紹，去找位在惠比壽的一家蛋糕咖啡店。

從山手線惠比壽東口出站後，往代官山方向一直走，就會看見這幢挑高樓層、窗明几淨的建築——雜誌是這麼寫的。

可是我走了好久好久，已經進入住宅區，手都凍僵了，還是沒看到。只好折回來，在東口附近徘徊，不死心的猶豫著。

一會兒，不知從那裡生出一股毅力，決定去旁邊的警察崗哨問路。

沒想到問路的人不少。小小崗哨很熱鬧，我排著隊，緊跟在一位老婆婆後面。

老婆婆佝僂著身，嘰嘰咕咕；警察口沫橫飛、比手畫腳。這些問路的人就屬我最不著急了，一邊等一邊恍神的望著陰鬱的天空。

然後，我就被罵了。

警察忽然不滿的對我說：「喂！妳為什麼不專心呢？妳不

認真聽，等一下怎麼幫妳祖母帶路？她又聽不清楚，現在年輕人真不可靠……」

我怔忡了數秒。好想假裝是事不關己的路人甲，可是大家都在看我。

等到誤會解除，我並沒有問路。

畢竟，這時候為一家咖啡店去問路真的有點尷尬。

並不是故意的，搭上計程車的時候，我真的不知道目的地距JR車站只有五分鐘的腳程。實在是因為這天從一大早開始，就像行軍般走了很遠的路，雙腿到傍晚已如千斤重，出了車站根本不想再摸索找路，便狠下心花錢搭計程車，只求速速到達。

「確定是這個地方嗎？」上了排班計程車後，歐吉桑司機重複一次我說的目的地。

「是。」

有著深深皺紋、看起來很嚴肅的司機轉頭看了我一眼，嘆了一口氣，似乎不太情願的發動了車子。

「怎麼了？」M問。

「不知。」我聳聳肩，覺得有點莫名其妙。

才駛出車站轉進馬路，歐吉桑就開始數落我們了。

「就這麼近的地方也要搭車嗎？你們就只知道花錢出來玩，也不知道賺錢的辛苦，要去的地方明明就在前面而已……吶，你看看路上這些人，就是從那裡過來的……走一走就到了，偏偏要搭車。現在年輕人就是這樣，世界才會……」

他說個不停，好像世界在未來毀滅了，都是我們的責任。

真奇怪，我又不是「年輕人」，實在越聽越火大。只因身在異鄉，又在人家的車上，所以不便發作。M雖然不懂日語，但喜怒哀樂的情緒根本不需要翻譯，便問：「感覺有點恐怖咧。他拒載短程？」

重點並不是在短程與否，而是不分青紅皂白的成為被冤枉、被發洩不滿的對象，這算什麼待客之道？本來心中還為自己糊裡糊塗搭了車有些慚愧，至此已消失無蹤。不知是否因為心情受到影響，下車後發現要參觀的地方其實很無聊，更加覺得錢花得不值得。

走回車站的路上，才有時間慢慢想著：那個歐吉桑司機排班排了多久？因為等了許久，沒想到等到了沒什麼賺頭的生意，所以抱怨？還是想到自己必須辛辛苦苦賺錢供養家裡那些不知天高地厚的小孩，所以苦悶？

M提醒我說：「也許他以為我們聽不懂。」

這樣啊，回想起來，他果然是用一種喃喃自語方式宣洩著不滿，並不期待互動。

那麼，我到底是聽得懂比較好，還是聽不懂比較好呢？

在函館朝市的攤子看到一缸子澄紅飽滿的鮭魚卵，覺得很心動。雖然行李一向以簡約為原則的我，對買特產的興趣不大，但看見原本身價高貴的鮭魚卵，在這裡闊氣的用大杓一撈，裝滿透明的瓶罐，真是色澤美麗又具價值感。

「可是，妳不覺得那很像魚肝油？」朋友有點「嫌惡」的說。

我不怕魚肝油，因為小時候吃了很多，更何況鮭魚卵比魚肝油美味多了。

「這個怎麼賣？」我問老闆。

那個酷酷的、彷彿是漁夫的老闆瞄了我們一眼，說：「現在要吃？」

「不是，要帶回臺灣。」

「那不行。這個今天一定要冷藏。」

「不然，我要回去那天再來買。」

「不可以。超過半天不冰不行。」

老闆看起來臉色嚴厲，我們有點害怕的離開朝市。

哪有這麼嚴格的？真是奇怪。

我自己認為鮭魚卵是醃過的，一天不冰應該沒關係，早上出門晚上到臺北，再趕快冷藏就好了。而且，要付錢買的人是我欸。和朋友商量一陣，決定要回臺北的那天早晨再來買，反正幾天後他也忘記了。

辦理退房後去朝市，泰然自若的到鮭魚卵攤子前，說：「給我一罐。」

酷老闆動也不動，在攤子後目露「兇光」的盯著我們，讓人心裡發毛。彷彿一分鐘，他咧嘴、露出一顆金牙說：「妳是五天前的那位小姐吧？就告訴妳不行了，妳不能帶回去啦。妳以為我不記得啊？」

真是嚇人。走在路上仍有點驚魂甫定。

更糟的是，現在吃鮭魚卵壽司，有時候眼前還會閃過那張露出一顆金牙的漁夫臉呢！

火車上的男人

住在比利時的朋友正在趕寫畢業論文，所以要我們自己搭車去布魯日。其實我有點緊張，因為比利時分法語區、荷語區和德語區，但這三種語言我都不會。

昨天搭市區電車還因為上車忘了刷卡（無人查票），被朋友警告：最近抓逃票抓得很兇，隨時有稽查員會上車，罰款金額很高的。

罰款倒其次，要是被逮進荷蘭警察局……無限的想像讓我不禁冷汗直冒。可是她說：布魯塞爾的尿尿小童看不看都沒關係，但是布魯日是一定要去的。

只好把布魯日的荷語寫法緊緊捏在手裡，戰戰兢兢往魯汶車站去了。

用最笨的方法，我寫了一個「Leuven → Bruges」的紙條推進售票口，以確認目的地無誤。然後說了人數和時間。

對方不知說什麼，應該不是英語，我只好裝傻。

二十分鐘後開車。我們匆匆剪票入站，才發現不知道搭車

布魯日的橋與運河

月臺。

剛剛售票員大概是在告訴我們月臺。我想。

可是現在已經不能跑出去問了。

月臺上所有的拼音文字弄得我頭昏腦脹，越是著急就越不敢肯定，更何況上次才有同事明明要從法國搭火車去瑞士，居然被載到義大利，險險被當成中國偷渡客的可怕經驗。

兩個女生一面用中文嘰嘰喳喳，一面在月臺上東跑西跑，看來就像兩隻無頭蒼蠅。

眼看快來不及了，緊張兮兮抓著旁邊滿臉絡腮鬍的男人問，男人不知懂不懂英語，但看了我們的票，比了一個2的手勢，我們道謝後就忙不迭地跑了。

總算上了車。列車還算空，但顯然是從海邊開來，因為車上到處都是帶著大大泳圈、穿著海灘裝，還沾滿一身沙的親子檔。

穿過一群群活力無限的小獸，找一節空的車廂坐下，終於鬆了一口氣。

「空的車廂真好，多自由。」

「對呀。可是——上週新聞說有自助旅行的女生在空車廂被傷害欸。」

「……」

我們沉默了一會兒。突然看見剛剛那個絡腮鬍男人悄悄坐在我們身後。

現在車廂內有三個人。

「我們剛剛像不像笨蛋？」

「像。」

「要不要換車廂？」

「也好。」

假裝不在意的，我們一邊聊天一邊溜到下節車廂。

不久，絡腮鬍又跟來了，這次拿著一本書，就坐在我們斜前方，很容易看見彼此。

我們開始坐立難安，只好不情願的跑回快被小孩吵翻天的車廂。一坐下，就有一邊搖晃一邊亂跑的小孩差點兒把沙倒在我們身上。

唉，男人還是來了，這次跟我們並排坐。

剛剛沒仔細看，這時看看這全身毛茸茸的男人還真有點恐怖。

接著，列車停靠某一站。非常不幸地，車廂內全部的親子檔通通整裝下車。

簡直是宿命，車廂又剩下我們三個。

男人不停往我們看，我們僵直著背，故意別過臉去。

男人移近了些，動作更明顯，我們屏氣不動，覺得空氣都要凝結了。

不久，男人站了起來，對著我們用英語說：

「兩位小姐，Bruges（布魯日）就在下一站，要記得下車。因為我只搭到這裡，不能陪妳們了。祝妳們玩得愉快。」

我們驚訝到說不出話來。

看著他下車的背影，我只能說：

先生，我欠你一次。

奧塞美術館的午後

步行前往奧塞美術館那日的巴黎，有著夏日反常的蕭颯之氣，但假日裡的塞納河畔仍然聚集了不少人群，在群聚的人群之中，你很快的就能體會出那種自由散漫的、毫無秩序般的巴黎人特質。

身為遊客的我，不知是幸或不幸，一直沒有能感染上這樣的特質。在歐洲做一名黑髮異類，確實不是一種舒服的經驗，特別是在巴黎，幾乎是不費吹灰之力，隨時可以感應著法國人拋出的驕傲。英國人的傲慢尚且關在彬彬有禮的外在規範中，而法國人的驕傲是不受指揮的。

到奧塞美術館大約是二十分鐘的路程吧，如果在途中不曾分心的話。

這是方才從聖米歇爾大道上與我告別的朋友告訴我的。

風很大，我緊緊拉住薄毛衣，低頭疾走，沒有分心。已到旅途末站的我，是一名疲憊的旅人，去任何地方參觀都只像是為了了卻責任而已，似乎失去原有的好奇心了。但是後來回想起來，我之所以闌珊，大概也與巴黎那種不友善的排外氛圍有關吧。

奧塞裡的畫倒是比羅浮宮的要吸引我，也許是因為印象派的畫有著古典溫馨的氣質，至少這對美術門外漢的我而言，是比龐畢度中心的張牙舞爪要令人舒服多了。因此我仍然拖著疲倦的身軀走到了這座由舊火車站改裝而成的美術館。

假日的奧塞有門票的優待，相對的人潮也不少，不過一眼望去就知道以觀光客居多，夏日的歐洲大概都是這般光景，度假的外地人充斥其間。

該怎麼逛起才好呢？到服務臺去拿指南吧。當時在眾國文字之中，照例又缺乏繁體中文版，怎麼拿都只有日文版的分。聽說這是日人旅遊協會自己出資印行的，為了體貼在歐遊覽的廣大同胞不解文字之苦。果然放眼望去的黑髮遊客大多操著呢噥日語，不管法國人對日人評價如何，至少在每一個觀光據點，他們人手一冊日文版指南，彷彿也有了「能奈我何」的趾高氣昂。

但是在每張畫之下的日文說明大概就不可能是出自旅遊業的手筆了吧，比起來，我們顯然是福薄多了。在服務臺前站了一會兒，看各國遊客快速的抽了本國文的指南就走，我忽然賭氣般的什麼也不拿便轉身離開。

與朋友約好兩個小時之後在大廳見，但是不到一小時，我已囫圇吞棗完了奧塞裡所有的珍藏，頓時有些無所事事了。打個電話回家吧。在手機漫遊尚未盛行的那時，我十分自然的晃到了公共電話室，看見裡頭唯二支投幣電話後面已有長長的人龍。

買電話卡嗎？可是恐怕用不完而可惜。

那麼便搜尋著身上所有的零錢，挑出被限定使用的兩種硬幣吧。捏著剩下不到十法郎硬幣的我，當下決定去奧塞附設售物部換取零錢。

因為對巴黎人心存芥蒂，自然不敢貿然的去收銀臺換錢，但晃盪一圈，只覺物價甚高卻又無物想買，便又回到了收銀臺前。

用兩枚十元法郎去換四枚五元法郎，你說可以嗎？答案是不行。收銀臺的胖女人冷傲的望了我一眼，伸出手指指身後的售物部，然後便不再理睬我了。

無法可想之餘只有重回卡片區，在昂貴的名畫卡片中徘徊著。

終於購得一份五十五元法郎的卡片，拿出一百元的紙鈔，應該可以要求找回一些五元硬幣吧。但胖女人只給了我一個五元法郎，我退回一個十元硬幣示意她我希望取得五元法郎，這時等著付帳的人已漸漸形成長龍。

胖女人不曾看我一眼，只厭煩的推開我退回的十法郎，揮揮手像驅趕一隻惱人的蒼蠅，之後便自顧自的招呼起下一位顧客了。依舊站在原地的我試圖與她溝通著，她卻全然充耳不聞，我望望身後的人龍，只有拿了錢離開櫃臺。

疲憊的我已失去爭論的氣力，而這一切真是無趣極了啊！

陽光透過透明的天窗射入館內，這真是個迷人的藝術殿堂，而我寒著臉坐在大廳的大理石長椅上，心底千遍萬遍的咒罵著完全不懂得待客之道的法國人，覺得自己委屈極了，既愚蠢的花了錢，又喪失了尊嚴。

還剩四十分才到兩個鐘頭，我哪裡也不想去，抱著包包坐在這裡生氣。這個午後真是糟糕透了。

大理石長椅上大多是走累了來休息的人，一批一批，來來去去。聽口音大約便知道他們來自何處，黑髮者自然是以日本人居多。但不管是誰，顯然都比我快樂多了，在我身旁坐下時都會些微的欠身、微笑招呼。特別是日本人，禮數總是十分周到。我卻一概不睬，彷彿來到巴黎的人全都得罪我了。

所以，當這位日本老婦滿面笑容的在我身旁坐下時，我簡直有點不耐煩了。不耐煩的原因大概是因為嫉妒著他們的快樂，這老婦是和家族們來度假的，一夥人說說笑笑的好不溫暖。從談話中我知道他們在此等候老婦的兒子，等著等著，我發現身旁的老婦居然睡著了。家族們仍然愉快的談話著，直到男主人到來，一聲吆喝之下便全部離開。

舊車站改建的奧塞美術館的大廳

沒有人注意老婦並未起身，我看著一家人走開，又看著她熟睡的臉，冷漠的想：總該會有人發現而折回來吧。

但是，如果沒有呢？

我開始覺得自己可怕極了。

這時老婦忽然醒來，發現身旁已人去無蹤，驚駭的東張西望。口中喃喃唸著：人呢？人呢？哪裡去了？她幾次焦慮企盼的回頭看我，也許以為、或者希望能從同是黑髮的我這邊得到一些幫助吧。

大廳上的鐘是車站的象徵

「在那裡。」我終於開口。

她驚喜的注視著我。

「他們剛剛往那個方向去了。」我指著大門。

她慌忙的起身，感激不已的向我道謝，我則催促她快追上前去。這時老婦的兒子也匆忙的走回來了，看見老婦同我道謝，也忙不迭的行起禮來。老婦放下心上石頭，話多了起來：從中國來的嗎？真是謝謝、謝謝啊。我說不是我是從臺灣來的，您沒事就好……

他們走出大門，一家子在門口欣然重聚，老婦指指門內，一會兒間，家族們居然在遠遠的門口同時向我欠身致意，然後才離去。

我茫然站立了一會見，重新回到座位上，人來人往的奧塞大廳一如方才，不會有人知道剛剛發生的小事，就如同沒有人會在意我先前的憤怒與現在的釋然一般。我於是能深深體會人在陌生異鄉的渺小與孤單。

仍然與朋友步行回聖米歇爾大道，在多風的塞納河畔，我比來的時候更加沉默。朋友熱心的想領我去盧森堡公園看看，我著實是毫無興致了。只在轉彎時忽然走進一家麥當勞，狠狠的點它一套在臺北極其熟悉但是根本不吃的速食餐，找個窗口坐下，河畔的風一陣陣吹進來，這個午後就將要過去。

我一邊看著陰鬱的天空一邊快樂的大嚼著。我知道只要等到太陽再度昇起時，我就要離開巴黎，回到自己的城市了。

外國人

有一陣子去東京，都是住在代代木，每次，我都會信步的走到明治神宮。

神宮區附近有著很大的空地與公園，這對一個擁擠的國際都市而言，真正是一件奢侈的事。

去的時候常是冬天，空氣乾燥而冰冷，若是有陽光，神宮區的碎石子地就會微微閃亮，四周無限寂靜。

我有一種「潔淨」的快樂。

站在參道上曬了一會兒的太陽，趨身往淨水池旁漱一口清涼泉水，然後無所事事的走到賣紀念品的小攤。攤上琳瑯滿目皆是鑲著金線的各式平安符。我挑了一只石膏打造的福鈴，放在耳邊搖晃。問店家：這個多少錢？隨後盤算起臺幣的價格。

這時，有一個說著中文的聲音從我後腦飄來：「妳是中國人嗎？」回頭只見一名金髮碧眼的男子端立在身後，怕是自己的錯覺，我遲疑地不敢應聲。

東京明治神宮內的靜謐

「妳是中國人嗎？」果然就是這名背著紅色背包的「外國人」。

「不是。」我說我來自臺灣。

他甚是興奮的說：「我也是。從新竹工業園區來。因為有個短期的、短期的……」

「Vacation？」

「對，對，Vacation。所以來東京玩。但是傷腦筋，英文在這裡沒有用。剛才我想買這個，」他指著一個小玩意兒，「講不通，忽然發現妳會中文（指指我手中的書），好親切。」

幫他和店家溝通，解決了購物的問題，我們一起離開這個小攤。

「待會兒我要去這裡，」他攤開一大張地圖，指著某處，說：「會不會離這裡很遠？」

我盯著他那張過分詳細、英文密密麻麻的地圖，實在嚇人。只好拿出自己的日文版地圖，在冬陽下攤開。

就這樣，兩個在日本的外國人，站在白得發亮的碎石地上，撐起兩張英、日文版的東京地圖，說著中文，一一比對著。

原來他是要去涉谷。

不遠，不遠，可以不必搭電車，走過天橋，不久就到了。我告訴他。

太好了。他說。仔細的把地圖摺好放回口袋，往前走去，兩個人就在原地分道揚鑣。

我沒有告訴他，其實，待會兒我也要去涉谷。

站在正午的日頭下，等他走遠，我獨自微笑起來。

回到新宿時，已經晚了，離我跟姨婆相約的時間只差二十分鐘。來不及出站去購票，跑過月臺便縱身跳上往喜多見的小田急電車。

幾次來，小田急線的沿站我幾乎能背了，風景也熟。搭地上電車的好處是能望見兩旁景物，不像在隧道中般的枯燥。喜多見是個小站，所以要搭沿線皆停的慢車。在鐵道上搖搖晃晃，停停走走，我望著窗外，原宿燈火、代代木燈火，像夜空中一路飛過的火花。

這條線路最終是通往箱根溫泉的，今天早上我便是在新宿臨時起意去了箱根。現在我把箱根旅遊通行券捏在手中，這種名為 Freepass 的通行券，可以任意搭乘小田急箱根旅遊線上的各種交通設施。我已經全部使用過了，思忖著到了喜多見應該是要補票的。

小站很冷清，我熟練的越過天橋，走向出口，一個年輕的站員守在那裡。我把那張 Freepass 握在手中，補票之前心存僥倖的問他：這，可以用嗎？

他仔細地俯下頭來看，很認真的翻了翻，問了我今日的行程，便告訴我這 Freepass 是不能重複使用的。我其實心知肚明，便笑了笑，準備掏出錢來補票。

此時那站員忽然握住我的 Freepass，極親切地告訴我某些相關事宜。面對這突來的長串日語，我一時錯愕，無法回答，靜了半晌，只好道：再說一次好嗎？他便不厭其煩的說了。我思索了一下，確定無法了解。只好歉意的說：對不起，我不明白。便想投錢出關而去。

豈知他卻不依，鍥而不捨地再度對我說明，內容更多，語句又比方才更為複雜了。我只好一面歉意的搖搖頭，一面說：聽不懂欸，沒辦法。

他沮喪的停下來，愣愣地看著我，我報以微笑。

就這麼的相視數秒，那年輕的臉龐忽然漾起一片恍然大悟的神采，說：「妳是外國人嗎？」我此時也才豁然笑道：「對啊。」

誰知他隨後竟慌張而靦腆起來，彷彿忘記我們先前一直是用日語交談的，支吾半天，一時間竟不知該如何與我溝通了。

我笑著投下錢幣，走出關口。街上寒風薄涼，異常安靜。我將手握在圍巾裡取暖，走著走著，一路想，原來他不知道我是外國人啊。所以以為是自己的說明能力有問題，才一直不肯放棄。

他不知道呢！那麼這路上，也不會有人發現我是外來者吧。告別了喜多見小站，我輕快的走著，像這樣隱身在異國的街道上，分外有種惡作劇似的快樂。

坐上車之後，前面一排的「外國人」一直很吵。說話不僅大聲，肢體動作更是誇張，高頭大馬的他們，側身在日規巴士椅座上本來就顯侷促，又這樣不安分的晃動著，只覺我前方的視線彷若浮浪一般。

只在夏季運行的定期觀光巴士是繞行美瑛山丘的最好選擇了，休閒一點可以騎車或走路，但絕對無法一口氣繞行重要據點。我只是沒想到，在遊客不多的初夏仍需事先預約座位。不然就只好像我現在苦苦等在車旁盼能上車。

圓圓臉帶著可愛笑容的導覽小姐幫忙跟司機先生說項，精算了一下人數，終於笑著向我招手。在幾近客滿的車中找到剩下的空位坐下，還不及跟旁邊的人微笑致意，就被前面的人吵到了。

其實，令我不悅的並非喧嘩本身。由於民族性的不同，或生性熱情或大嗓門，也無可厚非。但這些人一路上的誇張笑鬧，皆因消遣美瑛、消遣導覽員而來。他們取笑著導覽員日本腔的英語，故意嚷嚷：「What？What？」學著日本女生特有的語尾助詞，怪腔怪調的還吐舌頭翻白眼；看到美瑛著名的廣告樹，就笑倒說：「什麼？就這棵小樹！」聽到介紹說此處遠眺最美，就假意附和：「哇嗚，美喔美喔。」發出咿唔怪聲……

車上眾客始終「冷處理」，就讓他們一路上唱著獨角戲，導覽小姐也只是笑容可掬的說：「這幾位澳洲來的客人真是熱情。」但是，不看不聽也不接受，他們到底是來做什麼的呢？

他們真的以為車上都是日本人，而這些「日本人」都聽不懂英語嗎？

這時我想起多年以前，曾和朋友去上野公園內的日本國立博物館參觀。看過日本繩文文化、彌生文化後，忽然聽見身後四、五人冒出：「嘖，這也拿來獻寶，跟五千年文化怎能比？」走過字畫區，又說：「拜託，就這點墨水喔，走走走，沒啥可看。」經過織品，更為不屑，窸窸窣窣竊笑著……因為是平日，所以人不多，聲音回盪在空間中異常明顯。

他們應該以為四周都是日本人，而這些「日本人」都聽不懂中文吧。可是偏偏就有人聽得懂日文聽得懂英文聽得懂中文聽得懂法文聽得懂……那個人可能是任何一個路人甲。那麼，這些在安靜空氣中，大剌剌製造出的噪音，正好成為自己粗鄙無禮的最佳證詞。

斗室陽光

「我這裡很小，上次我學妹來，只能成天面對著牆壁，她說：我從臺北到東京，找到了寂寞。」

我坐在小田急普通車上，看窗外搖搖的陽光，想著她曾經這麼對我說。究竟有多狹小呢？我不知道。

在東京第一次打電話給她，她正在拆床，「實在太小了。」她在電話那頭喘吁吁的，「我決定拆掉我的床，至少還能有一小方迴旋的空間。」太誇張了，我說。實在很難想像她如何在跟自己的生活空間奮鬥。

後來打電話去，她說：「現在妳可以來看我了，我又把床裝回去了。」我站在涉谷街道旁的電話亭內聽她這樣說著，不禁啼笑皆非：她到底在做什麼呢？「沒辦法，」她解釋，「拆了床，才發現原來堆在床下的東西都沒處放了。」她笑著說。

這樣的棲身之地多麼令人沮喪啊，可是不，我聽見她聲音沒有絲毫的悲淒，咯咯的笑聲顯示著和空間做遊戲後輸掉了的釋然。「我真是個笨蛋，」又笑，「現在一切恢復舊觀，妳可以來了。」

這就是現在我坐在小田急電車上搖晃的原因。

老實說，我並不相信爐臺、浴室、桌椅、床舖、衣箱，以及冷暖氣、電視、冰箱、微波爐、電話等現代化設備一應俱全的房間，如何會小得令人吃驚。拿我們習慣的坪數計算來說，這樣的小套房，再不濟也有個六、七坪吧。

普通電車一路走走停停，車廂裡只有三五人，神情都很是悠閒。近午的冬陽從車窗爬進來，引出一種莫名的雀躍。

未出站口，我就看見她了。一年來顯然豐腴不少，但我笑而未說。臨著車站是一個小市集，走在小街上，兩岸商家布幡當風翻飛，我立刻就愛上這個小集了。商婦們頭纏布巾，腰懸布兜，勤奮的工作著，顯出一種忙碌的溫馨。

「妳說我們買菜回去煮呢，還是吃壽司？」她問。

在我沉吟的當兒，她補上一句：「可是，我那裡廚檯很小很小。」又來了，我笑，想來是懶得煮，便道：「買些東西吃吧。」

沿路走下去，看見一家聖瑪莉麵包店，她笑稱，那天來看房子，就是瞧見這家聖瑪莉，歡喜極了。後來還異想天開希望裡頭缺工讀生，她便能一面打工，一面吃麵包。

隨她七轉八彎，不久就甩脫站前小市集，來到安靜的住宅區。只彷彿離鐵道不遠，空中飄著低低的轟隆聲。她忽然一閃，便已在賃居的單身寓所大門前站定。我從大門探去，只見圍著中庭花園層層而上，不知有多少戶藏身其間。

像這樣的單身社區，在東京是極普遍的。她說。

她就在一樓第一戶，緊臨自動化設備的洗衣間。

門一開，我便愣住了。那短短的甬道只容一身，連削瘦的我都覺迴轉困難。別說六、七坪吧，我想，不知有沒有四坪大？可是該有的設備的確齊全，完全是精緻小巧的設計。她打開浴廁的門，笑道：「我的外國同學說，他們都擠不進去。」我望了望，想著高頭大馬的身軀勉強坐上馬桶之後，長腿必然要伸展到門外安置的情形，也不禁好笑起來。

桌前一張椅子，拉開便抵住床，她問：「妳坐椅子，還是床？」我指指床，便坐下來，雙膝恰好頂住她的桌緣。

這裡的確沒有多餘的空隙可以容納第二個人。我始終端坐不動，因為老是覺得隨便一動，就會撞到她，或者撞到牆，或者不慎拂落電話、茶杯，以及文具用品之類的。

她依然好心情的動手拆壽司包裝，問我喝什麼飲料。我只顧看她散落一桌的顏料彩色，以及牆上釘滿的圖畫。「那是我的習作，」她說，「我正在準備考試。」

那是她的理想吧，在這斗室獨自活著，還能活出自在，就是因為有那個目標的期待吧。在東京，這個設計之都，給予她的，絕不只是這間斗室和日本語會話而已。她埋首創造她的兒童畫作，一幅又一幅，不需要人際的往來，也能滿心喜悅。

寂寞嗎？有些。想家嗎？當然。與臺灣留學生往來嗎？不必要。過得好不好？我喜歡。

她這麼說。我也感染了她的自足。

也許人一生有這樣一段乾淨無染的時光，是值得珍惜的。不必交談，也不必交際，找尋自我生命的圓融。我想起在臺北生活圈的種種困擾，忽然覺得不如她這間斗室來得自由。其實空間的大小縱是桎梏人們心情的因素，心靈的翅膀卻完全是不受空間所限的。這麼一想，再看看她的斗室，竟也不覺小了。我開始舒展筋骨，才發現原來床尾緊貼的那一扇落地窗外，有一方小小的陽臺。我動手去推窗，一小縫，風便竄進來，陽光也隨之而入，小小斗室頓時亮起來。

「我用這小陽臺曬衣服。」她說。

我不禁有點羨慕她，躲在這魔術盒般的小屋中，頗有「大隱在市」的味道。然這樣的日子，是一時，卻不是永遠；是自由，卻不是全然的幸福；我心底明白。但是獨在異鄉，能在生活的荒地經營出一畝水田，便值得慶幸。

後來我回到臺北，繼續上班讀書的日子。重讀〈歸去來辭〉中陶淵明所謂的「審容膝之易安」，便忍不住想起那日我雙膝抵住她桌緣的窘迫，但又彷彿看見陽光像聚光燈般從窗縫中射進來，剛好指著她掛在粉牆上的畫作；一時間，所有的色彩都被驚醒，盡情的舞動起來。

木刻娃娃

那日當我信步離開東京來到這觀光勝地的山城時，關於它的背景僅知是個溫泉鄉而已，至於雕刻之森的種種是全然不知的。當我面對一店活潑纖巧的木刻娃娃時，尚且自作聰明的以為山下城裡必然更多，告訴自己別在觀光區當凱子。

真正令我動容的卻是那時的天候，明明是日頭正好，招惹得一山林木都騷動起來，貼在肌膚上的溫度偏偏還是凍人。那薄涼潔淨的空氣，像山泉從口鼻潤過我的心肺。

我剛剛從木造小食堂暖了胃出來，不過是尋常日子裡箱根稀落的遊客之一。在等待入山列車之際，自然而然的跨進這家四面敞開的木刻店。那站在木架上的各式木刻娃娃，被竄進來的點點陽光，像仙女棒抖動般地一撥，立刻浴著金光閃亮起來。然後我看見櫃臺後面的女主人微微向我欠身。穿著簡單和服的她，就是那樣溫和的對我微笑，一時間，我便不想離開這裡了。

在木架之間穿梭愈久，愛不釋手的發現便愈來愈多，我喚那位女主人問東問西，半天裡竟下不了決心買或不買。

正暗自忖度之際，一陣喧嘩自四方湧入，觀光客立刻使這小店人潮洶湧。三兩眼間，我便非常訓練有素的知道是自己的同胞，大家紛紛拿起木刻品，你一言我一句的品頭論足起來。我和那主人頓時在小店裡失散了。我安靜的立在一旁，不久便見她矮小的身軀端著茶盤在人海裡載浮載沉，前後張羅著奉茶。經過我身邊時，卻忽然抬頭對我笑了笑，旋背身而去。

她不給我茶。

我站著，卻也浮上了笑意。她不給我茶，倒有一種自己人般的體己。

對照一屋的嘈雜，我像隱形人般無聲無息的遊走著，終於在一個得獎的木刻娃娃前站定。娃娃就著一塊圓渾的木頭成形，側著臉，赭紅色的和服上有如瀑而落的櫻花。才正端詳，耳後冷不防傳來她的聲音：喜歡嗎？我點點頭。一低眉，直見她那扶著茶盤的左手，心裡怵然而驚。

那手，蠟黃的、光滑的、僵硬的手，正是一隻木刻品般的義手。

才回神，她早已忙去。我呆立半晌，從架上拿起那個木刻娃娃走到門口。

小小的櫃臺前圍滿人群，七嘴八舌的議價，全然無序。我站在人牆之外遠望，看見她欠身微笑，帶著生意上門的好心情俐落的工作著。那隻義手在日光下泛起一種油亮的光滑，分外明顯。

她抬頭看見在人牆外守候的我，忽然將手長長一伸，接過我的木刻娃娃和錢。再度遞回來時，除了娃娃，還多了一盒山果。「送給妳的！」她隔著人牆大喊。我接住，朝她奮力的揮手，離開依然熱絡的小店。

離開了山城，離開東京，回到臺北，再也沒有看見那樣豐富的木刻店了。後來翻閱資料才知道那山城不僅是個溫泉鄉，手工木雕更是當地最好的紀念品。

無知的我，因為那女主人，終究沒有辜負山城的美麗與精采。

那個帶路的大阪女子

我猜想我們一定錯過一個地鐵站了。

站在十字路口的我，頂著烈日思索著。明明剛剛才在大阪城出口看過地圖的，大阪城公園站距離出口應該只有幾步路而已，我們卻已走過了兩條大馬路，仍看不到有 JR 站的跡象。

平日最恨烈日當頭的我，卻在待在大阪最後半天的空檔，豔陽下奮力地爬上爬下走完一大圈大阪城，終於「大功告成」時，竟然茫無頭緒的將自己遺落在大阪街上，讓火熱陽光恣意的淋了一身。

錶上時間是十點，飯店退房時限是正午十二點。曬得頭頂發燙的我已有些焦躁不耐，失去摸索路線的興致了。

「請問這附近有 JR 車站嗎？」當路攔截了一位女子，我劈口問道。

「在那裡。」她伸手一指。

我順著手的方向看著，皺著眉，不能確定是不是就在那座天橋上面。太陽愈發的毒熱了，我可不想白走一遭。

大概是看到我猶豫不決的樣子吧，那年輕女子一直沒有離開，很快地便欠身對我說，因為她也正要去搭車，我如果不嫌棄的話，是不是願意讓她帶我去。那客氣的語調使我大吃一驚，匆匆收起方才的倦怠神色，微笑著與她同行。在路上她禮貌的與我攀談著，詢問我的來處、遊玩的天數等等。當我說下午即將離開大阪飛往東京，所以急著趕回飯店退房時，她顯出恍然大悟的表情。

「很抱歉，大概因為天氣太熱了，有點不耐煩。」我說。

「就是啊！」她也深有同感的附和著，一邊拭著臉上浮出脂粉的汗珠，一邊告訴我這是日本在戰後以來最炎熱的一個夏季，不僅高溫而且缺水，電視新聞每天都打出「猛暑！猛暑！」的字樣來警示人們。

我苦笑著對她說這真不是一個遊玩的好時機，她也報以了解與同情的微笑。一到車站，果然證實我們錯過了上個站，莫怪走得筋疲力竭。她熱心的問起我們飯店的位置，我指出站名，她沉思了片刻告訴我必須換車才行。這點我是清楚的，事實上到了車站我就不需要幫助了，轉換車對我而言是輕而易舉的事。但是不忍違拂她的盛情，我還是仔細聽了她的建議。

「妳可以在弁天町換車。」她指引著。雖然她不知道我們所說的飯店，但是應該這麼走最快，而且正好她就要到弁天町那站，「我可以同妳坐到那裡。」她滿意的說。

可是我一向是在梅田站換車的啊。聽完她的建議後我不禁苦惱起來。現在只剩下五十分就十二點了，弁天町顯然比梅田還要遠，如何會比較快？何況她根本不知道我們飯店的所在。思索至此我著實緊張起來，告訴她無論如何我必須趕回飯店，她點點頭，拍拍我的肩膀，輕鬆的笑道：「別擔心，一定來得及。」我看著她，心裡反而更惶恐了。

在車上我不停的看錶，和時間賽跑一向是件令人血脈賁張的事。

連結 JR 大阪站、地下鐵梅田站的地下街

我已無心與她交談，甚至懊惱自己方才的多話，否則她就不會如此熱心的「看守」著我。車到梅田才用了十分鐘，車門開時我簡直要趁她不注意時跳車而去，豈知她竟情急的拉住我：不是，不是這裡。

「從這裡到飯店只要十五分車程！」我忍不住跟她抗議著，頹喪的站在門邊。她拉著我到座位上試著跟我解釋。我因為焦急、生氣而無法專注，只聽到她斷斷續續說，梅田的確是比弁天町近，但是梅田是個大站，不僅進出的人多，各地鐵站也集中在那裡，所以出入口繁雜，從 **JR** 站換到我們要搭的地鐵站還必須上上下下經過幾個天橋、地下道，光車程短是沒用的。而弁天町那裡只有一線地鐵站，下了 **JR** 電車轉彎就到了。雖然她沒搭過，但是應該……

「妳聽得懂嗎？」大概察覺了我的心不在焉，她怕我聽不懂長串的日語而著急起來，再度說明了一次，每說一句就如鸚鵡學語般的重複著「聽得懂嗎？聽得懂嗎？」在我耳畔嗡嗡作響。

「有時候人太熱心也真是件麻煩的事。」因為不十分明白日語而始終在一旁默不作聲的朋友，這時下了一個結論。

如果不是因為禮貌，我真的很想請她「放過」我，眼看著時間一分一秒過去，弁天町到底何在呢？

「到了。」她一聲輕呼，我跟著從座位上跳起來。她仍然叨叨絮絮的叮嚀著待會兒出站後如何走，又抱歉著因為不順路而無法親自送我們上車等等，簡直有著超乎年齡的婆婆媽媽。我一面道謝一面與她揮手道別，但是一顆心早已懸在半空，盤算著用跑百米的姿勢飛奔到地鐵站。

卻是一轉身，竟然發現地鐵站的入口就在眼前，用不到一分鐘，我們便搭上車往飯店駛去。

及時辦完退房手續之後，大力的呼了一口氣，卸掉心頭重擔，開始算計起方才回程到底花了多少時間。當我察覺了從弁天町換車確實比在梅田換車要快上許多時，眼前忽然急速地飛過那帶路女子阻擋我下車的、牽住我的手的、著急解釋的，以及最後告別時的種種表情。她一定知道我不信任她，我想。當時我的種種舉動就是為了要讓她清楚知道我不信任她，不需要她的指引，所以我相信她知道。正因為我相信，那種無法補救的歉意便自心底深深地溢滿胸口。

我無法揣度她的心思。但是去幫助一個並不諒解自己的人，原本就需要更多的耐性，通常還必須先建立在某種交情之上。特別是在這個燠熱難耐的季節裡，甩掉一個不可理喻的人正是理所當然、無愧於心的。何況只是素昧平生。

然而，我待她只是素昧平生，她待我卻有萍水相逢的情意了。

曾經幾度來到大阪的我，說是偏見也好吧，始終覺得大阪是個缺乏彩度的城市，不知怎麼彷彿只剩下經濟大商埠的索然，少有令人驚豔的時刻。

也許是因為這樣的緣故，所以這個帶路的大阪女子便來與我相遇，讓我為自己虧待了大阪的熱情而慚愧，並且替我把大阪的記憶染出了鮮明的色彩。

輯四　風雨晴雪

大霧

已經過了應該降落的時間，夜航的飛機還在半空盤旋。窗外全黑，玻璃上只映著自己的臉，全機的人大半都睡著，似乎沒人關心機身其實曾經低過一回，又恢復原來的高度。

我討厭長途飛行，並不是為了起飛降落的危險性、遇見亂流的驚恐等難以逆料的因素，而是因為無法在緊緊圈住身體的座椅上入睡，又不能自由的抒展筋骨，總讓我煩躁不堪。

短程飛行就還好，即使一直保持清醒也無所謂，正因為如此清醒，我可以明確的感受到機身又低了，然後又再度攀高。

「各位旅客，」機長說話了，「現在因為千歲機場大霧，視線不佳，無法降落，請大家耐心等候。」聲音非常沉靜，像怕吵醒大家一樣。

安睡的乘客們果然只是翻個身，不知聽到了沒，便又沉沉睡去。

這不是個嚴重的問題嗎？

我不知道。

搭機碰過亂流激烈衝撞，讓茶水濺翻、置物櫃晃開、行李掉落的狀況，也碰過因為機場擁擠只好在上空排隊等待的情形，但在黑暗中碰到大霧是第一次。

原訂降落的時間已經過了五十分鐘，飛機還在空中盤旋，高度應該不高，可是為什麼全然不見地面上的燈火？

所有的事情碰上黑夜，又多一層未知的神秘。

搭車遇上大霧我倒是經歷過。十多年前因為參與拍攝紀錄片的關係，從四川的重慶連夜趕車至萬縣，就在山裡遇上大霧。入夜的山路沒有其他的車，只有我們小車的兩個頭燈，在沒有路燈的荒郊野地裡亮著，大霧一來，根本照不見前方到底有沒有路，還是斷崖。

「所以呢？」工作人員問。

「就走著瞧囉。」開車的師傅回答。

這樣開車感覺像是賭命，而且那師傅出生以來根本沒離開過重慶，但我的擔心卻只一瞬間而已，好像再大的危機都會有「大人」頂著，反而有種冒險犯難的刺激，過不久乏了，就忍不住沉沉睡去。

現在我卻有一點點不安。

當時還是研究生的我，大概有初生之犢的力量，不會認為生命真的如此無常；也或許是因為尚未真正就業自立，所以身上沒有太多可拋或不可拋的包袱與責任，未能感受生死的嚴肅。

而經歷了人間哀樂，從青年到壯年，面對人生、擔負種種責任，脫去依賴、成為被依賴對象的自己，已經沒有過往的天真。

機身又變低，我想應該快靠近地面了，這時機頭卻忽然劇烈的拉高，睡覺的人紛紛醒來。飛機顯然是要回到空中，機長再度說話：「能見度太低，我們等候塔臺通知。」真不敢相信機上的乘客居然又繼續蓋著毛毯睡覺，沒有議論紛紛也不驚慌，非常安靜。

這是東京飛往千歲的日本國內線班機，除了我和前座東張西望的西方人之外，其他的日本乘客都閉眼休息。

還好有那個西方人，不然我會覺得自己不正常。

但是，在夜間的大霧中降落失敗三次，是要繼續盤旋還是轉降他處？沒有人想知道答案嗎？

儘管如此，我也還是沉默的坐著，除了沒睡覺外，和其他人沒什麼不同。

不曉得冷靜算不算一種讚美，但我的確是的。雖然我也曾經是個愛哭的女生，碰到事情常常緊張害怕得想要昏倒，之後又為自己的表現沮喪得掉眼淚。但當我決定變得堅強，正面迎戰外在與內在的恐懼，一路從青春華年裡走來，就再也無法忍受在關鍵時刻哭泣或尖叫的女生了。

因為那根本不能解決問題。我認為。

可是那起碼是紓解情緒的方式，比較健康。有人說。

不過會讓現場變得更棘手。我說。

妳的情緒沒有破洞，別人就進不來，那多無趣。有人又說。

也許是這樣吧。但至少現在我一

北海道千歲機場，是進出札幌的門戶

點都不覺得去打擾空服員會有什麼幫助。

機長又廣播了，最後一次嘗試降落。我把日語和英語廣播仔細聽了一遍，都沒能理解所謂最後一次降落代表的意義。是只許成功不許失敗，還是有轉降他處的準備？

機上仍然沒有騷動。

有一瞬間我希望現在轉降他處，那麼我就可以觀察這些人的反應，以及我自己的反應。我曾經因為一個人被迫降在美國不知名的城市中，一邊害怕一邊哭泣，所以立刻有善意的夫婦過來幫我。但現在我相信自己有能力去面對這個世界，開始在腦中模擬轉降之後因應的步驟，不必、也不會等待援助。

低飛的機身被大霧包圍著，從窗外依舊看不見地面的燈火，高度愈來愈低、愈來愈低，跑道指引燈忽然措手不及出現眼前，飛機就碰一聲降落了，在茫茫大霧中急駛減速。

下機後大家不約而同都到了洗手間，好像忽然甦醒一般，我聽見他們用高昂的聲音講著手機：

——好可怕喲，剛剛。

——是啊是啊，差點兒下不來。

——嗯嗯，沒事沒事，馬上就回去了。

⋯⋯

什麼嘛。我笑了，原來這些人剛才都是在「假睡」呀。

那些看來「壓抑」的反應也許跟民族性有關，但背後其實是有無限的信心吧。因為有信心，所以不必鼓譟不必質疑，只要相信機長就好。

我相信你、也只能相信你，會帶我到安全的地方，所以安然的等候著。

那也是一種令人羨慕的、低調的幸福。

京都的冷空氣與福袋

走過關西機場的戶外空橋來到JR車站，發現天氣比我們原先想像的冷很多。而距離下一班「はるか」號往京都的時間還有二十分，我們只好坐在毫無屏障的車站大廳等待著。

好冷。M不停的說。

我一邊附和著，一邊已從皮箱扯出圍巾來禦寒。

冬天來到京都並非第一次，時間也不算久遠，但此刻的冷卻超越了我曾有的記憶。當我不得不去販賣部買熱飲來驅寒時，一轉身就看見M已不顧形象的在大廳地上將皮箱開膛剖肚的搬出可以即刻往身上加的衣物。

冷空氣讓我們懶得交談，我不發一語將熱飲遞在M的手上，然後把自己從頭到頸部用圍巾纏成吉普賽女郎的樣子，並用力對著手掌哈著氣。

這是怎麼回事？我雖然瘦，但一向是耐寒而不耐熱的，我始終深信冷可以對抗，因為瘦弱的身軀加上多少衣物都無妨，如果是酷暑，縱使脫到只剩薄薄單衣，烈陽仍貼在皮膚上彷彿要炙得滋滋作響，令人無所遁逃。所以我喜歡冬天的旅行，特別是北地的冬天。因為北地的蕭疏與靜謐正巧可以平衡來自亞熱帶地區終年悶熱紛擾的心靈。讓冷空氣盡情的進入體內吧，宛若用氣槍強力噴刷著積塵已久的五臟六腑，有沁入心扉的痛快。

啊，開始下雪了。M輕呼。

稀疏的雪花果然絲絲地飄進站內。

莫怪乎這麼冷。M繼續說。

可是，這不過就是細雪嘛。我想起去札幌看雪祭那回，連夜落雪未停，隔日從道路清出兩旁的積雪已達半人高，但被雪祭熱鬧氣氛撩撥至極的心情，早已按捺不住要飛奔至會場，然後留連一直到夜間熄燈才滿意的回返。我沒有雪衣，沒有皮手套，唯一可稱「專業」的配備是雪鞋，剩下的便是土法煉鋼的將帶來的衣物披掛上陣，但在零下十六度的雪地走回飯店，頸間竟還微微地滲出汗來！再說多年前的冬天去金澤，除了狂風大雪之外完全不見「小京都」的風采。第一次見識狂風帶雪從四面八方劈落，才發現始終被視為笨拙的「撒鹽空中」詠雪之句，還是有勝過才女謝道韞把下雪比成「柳絮因風起」的時候。從日本海直撲而來的刺骨冷風，使人們多躲在室內，只有我們無所懼，撐著快要被雪打翻的傘，對抗著強風，興致勃勃的踏上遊賞兼六園之路，連管理員都不得不對我們說一聲「真是辛苦了」予以回報。

對於冷，我自有一套對策。足部和膝蓋要絕對保暖，頭連頸間直下背部更不可放過，只要抓對重點，寒意就去掉一半了。

只是，現在我已把自己包成幾近卡通「南方公園」裡的阿尼模樣，卻還是冷。

來說說話吧。我想。彼時M剛剛完成博士論文，我也剛換了個新工作，心情輕鬆無比。但不知怎麼聊著聊著竟說到轉換跑道已屬不易，而即使換了，又有面對新挑戰的心理壓力，再想想工作多年了，連獨資在臺北好地段買一間滿意的房子仍如此困難……。兩人聊完天後，覺得更冷了。

終於搭上電車，暖氣使末梢神經漸漸恢復知覺，我問M打算去京都哪裡，M說如果去寺廟參拜會不會太冷？但我說來京都不去幾座著名的寺廟便失去意義。M又說哪條街最熱鬧，可以逛街兼取暖？我說在河原四條通，但規模不比東京大阪，而且還沒大拍賣。於是M說還是去看看寺廟吧。我攤開地圖勾選，先剔除我們視為避暑勝地的東本願寺，再去掉已去過的金、銀閣寺，圈出了南禪寺、龍安寺、三十三間堂等。

因為使用冬季特惠，我們住進了豪華的日航飯店。對面的二條城門口停著一輛又一輛的雙層巴士，觀光客不斷。好不容易窩進舒適的房間，我和M都很有默契地沒有

「枯山水」代表——京都龍安寺入口

提起「是不是應該去對面看看啊？」的建議。

出門去京都車站地下街覓食的時候，天色都暗了，入夜的京都街道沒有霓虹，除了寂靜還是寂靜。

地下街倒是人聲鼎沸，但除了餐廳，店家的營業時間就要過去，我們一邊匆匆瀏覽，一邊聽見鐵捲門嘩嘩地在身旁拉下，然後走進一家似乎不急著打烊的、店面小小的清水燒陶瓷店。一眼就瞧見平臺上擺了幾排密封的紙提袋，上面掛了張紅紙條大大的寫了「福袋」兩個字，然後分別標上一千元到一萬元日幣不等的價格。「物超所值喲。」女主人說。我和M都喜歡陶瓷器皿，雖然知道旅途中帶不得那些易碎的玩意兒。但看看店裡的東西，掂掂袋中份量，實在捨不得放棄。於是我們各拿了日幣一千元的福袋，打算賭賭看。

在冷風中把福袋拎回家，手指已不聽使喚。但顧不得取暖，我們圍著桌子準備一起拆福袋。

超乎想像的，我和M的袋中都有一對紙盒包裝的茶用對杯、一只木盒裝的精緻清水燒淺碟，以及透明玻璃彩繪的清酒杯，彼此只是色澤不同。

「真是不可思議！」我們愣了一會兒才同聲驚嘆。大概在臺北受騙慣了，根本不認為福袋會是真的「福袋」，只希望不要變成滯銷商品的「垃圾袋」就好了。但這個清水燒福袋讓我們興奮極了，M甚至喃喃自語明天要去買個三千元的福袋，如何帶得走的問題根本懶得想。於是，去買三千元福袋成為明天最重要的功課，光是猜想裡頭會裝什麼就為今夜創造了各式各樣的美夢。

儘管隔天在乖乖參觀完三十三間堂後趕赴地下街時，放清水燒福袋的平臺上已空無一物，但卻提醒了我們：正值新年的日本處處都有福袋。而京都因為擁有許多特殊產品，福袋的內容就更引人遐想。除了清水燒，若能用便宜價格買到宇治茶福袋、京果子福袋、西陣織福袋、和服配件福袋……的話，簡直令人幸福到無法想像。

其實，最精采的高潮是在開福袋的那一剎那，我曾經在東京拆過一個化妝品的福袋，除了正式規格的保養品外，裡頭竟然蹦出個新出品的手搖式個人碎紙機，和一雙綴滿人造毛的乳白色室內拖鞋，如此突兀，又如此讓人歡喜無比。

購買福袋的美麗幻想充斥在京都的冷空氣中，我們一邊遊賞，一邊在大街小巷尋找「驚喜」，甚至為了希望再買到清水燒福袋，我將原本因為害怕在寒風中爬坡而在參訪名單中去除的清水寺又重新圈回來。那日我們一口氣走完清水寺一帶的東山散策道，雙頰都有些泛紅。之後在南禪寺附近用完湯豆腐晚餐，回程塞車堵在熱鬧的河原町上，我看著就要拉下鐵門的商家，忽然發現一家西陣織專賣店掛出福袋，便和M興沖沖跳下去買，回來時車子還在堵呢！M說奇怪這幾天好像沒那麼冷了，結果下車時她把毛料大披肩丟在公車上居然渾然未覺。

可是，明明還在下雪，氣象預報也沒什麼改變。

其實我對冷空氣哪有什麼自以為是的對策？我想起我和M在關西機場的對話，沒有把現實生活裡的煩惱在中正機場丟掉就極為不智了，竟然還在冷空氣裡大談特談，當你的心已結了霜，就失去所有禦寒的能力。

在札幌的時候因為有雪祭的期盼，在金澤的時候有一窺名園的急切，興奮的細胞在血液裡蠢蠢欲動，超越了耐寒的極限。而對於舊地重遊，沒有櫻花、楓紅、祇園祭的京都，我們一下子就被冷空氣擊倒，忘記原本就是來享受平淡、冷寂、靜謐的，冬的京都。

這時京都的福袋變成了火引，嗤地一聲快速竄入了結霜的血管，熱滾滾的燒熱全身，我和M於是能每天安步當車去參觀寺廟，因而聽見了旅遊淡季裡安詳肅穆的京都天音。

我們的確買到了想要的福袋，但也有失敗的。譬如在五条阪買了個日幣五百元的福袋，裡頭盡是有木村拓哉肖像的鑰匙圈、相框和鏡子；還有日幣一千元的髮飾福袋，裡頭有數量驚人的各式兒童髮夾；更誇張的是M在她的福袋裡取出一個重得不得了的木製腳底按摩墊！但是何妨？這些福袋就是我們回到飯店一邊回味當日旅程，一邊談笑的來源。

雖然最後我們都將這些令人錯愕的「好東西」留在房間送給清掃阿姨，但回到家後想起京都豐富的福袋，對臺北的「高貴」福袋就心如止水了。

東京情人巧克力

那年冬天因為種種陰錯陽差，隻身在二月十日去了東京，後來又匆匆決定在二月十三日從東京提早回臺灣，並不是為了情人節（那時SARS的威脅亦未蔓延），而是因為在我下榻的這家美國連鎖飯店裡，每個錯身而過的商務旅客似乎都在談論美伊的戰事。後來我又聽見電視中不停播放著賓拉登要回教戰士起身戰鬥的呼喚，日本國會議員則爭相要小泉首相為即將發生的戰爭表態，據新聞報導，二月十四日聯合國對伊拉克的武檢報告，就是戰爭的關鍵時刻。

想到恐怖份子覬覦航空器與機場的慘烈攻擊手段，在一個人身處異國原本就易脆弱的心靈裡，無疑是破壞遊興的致命傷。特別是晚上回到獨居的房間，一個人抱著枕頭看電視，那個狂人彷彿就在對我發出追殺令一般。雖然我的人生至今並不算是多麼精采美好，但正因如此，若又莫名其妙的死於非命就更悲慘了。所以，即使心有不甘，還是決定提早回國。

只是，走出這個國際飯店區，我便發現，美伊要不要開打根本與這個城市無關，在東京人眼下，二月十四日唯一的大事就是情人節，更準確的說，是情人節巧克力。

說是入春了，但那幾天的天氣冷得不像話，厚重的大衣一上身，街上每個人都縮頭縮手地走著。飯店到新宿車站的接駁車使用率很高，縮頭縮手的人們上車才露出舒坦的表情，下車便一溜煙地鑽進地下去了。雖然地下報攤的新聞頭條仍然是美伊的緊張關係，但絲毫吸引不了路人的注意，一到地下便忽然熱情起來的人們，紛紛擁抱的是具磁石般致命吸引力的巧克力專櫃。最令人嘆為觀止的是百貨公司地下食品街，巧克力區擠得水洩不通，仕女們似乎都有備而來，儘管完全無法靠近櫃檯，也看不見商品，就已經死心塌地排起隊來了。我站在遙遠處引頸觀看，只見某某商品售罄的牌子一一掛出，並伴隨著聲聲惋惜低嘆。

是什麼樣的巧克力呢？似乎沒有事先做過「功課」的人是不宜「進場」的，因為想在重重人潮中挑三撿四根本是不可能的事。雖然我並不打算買巧克力，但想到也許已和最有人氣巧克力緣慳一面，竟有點悵然，畢竟對我這種無所事事的遊客來說，湊熱鬧、開眼界，就是件要緊的事。

我知道日本人用一種「發揚光大」的獨創精神，過著日式的西洋情人節：二月十四日（西洋情人節）女送男巧克力表心意，三月十四日（白色情人節）男送女回禮。雖然說情人節是女方對心儀男子表白的時刻，但也許是為了顧及那些乏人問津的男性尊嚴，以及為了表示禮貌，除了心儀的對象之外，女生還必須送出數量可觀的巧克力給職場的男同事或上司，甚至父親兄長同學，以表示女性的人情味，稱之「義理巧克力」。

儘管我本來就知道這樣的情人節文化，可是親眼目睹如此盛況仍有突來的吃驚。方才路上的寒冷蕭瑟，和飯店區裡外國人的緊張神態與竊竊私語，反如夢境般不真實。稍一回神，我匆匆跑到書報區去「充電」，果然，巧克力情報是最大的話題。幾乎每份生活雜誌都有自己推薦的排行榜，有的標榜高級素材，強調巧克力來自歐系皇家血統，加入醇美紅酒、珍貴香料；有的專攻絕美造型，超人氣的一款是鑲一朵真玫瑰在鏤空巧克力中，據說未上市就訂到缺貨；有的走京都文化的精粹高貴，請友禪師傅描金作畫，象徵春夏秋冬的京四季，貼著金箔印在四格方形巧克力上，可想知贈者受者定非俗輩。包裝更是整體設計的一部分，幾乎所有的系列都體貼的設計了大、中、小型，以及更小的隨手包禮盒，讓人即使只送出一個也不覺得寒傖。

因為這場巧克力商機所引發的「巧克力藝術大競賽」讓我看得津津有味，光想著所有頂尖師傅為了讓自己的巧克力在一年一度的舞臺上發光，無不使出渾身解數、專注地設計這「年度最佳催情劑」的模樣，就令人刺激萬分，更不用說那像是每季時裝發表會上，令人期待的精采出場了。這一想，就愈發感受剛剛見不著「本尊」的遺憾。

自認理性的我，其實很討厭節日被商業化的大肆炒作，所有該自然而然發之於心、訴諸於情的行為都被公式化的包裝了，想來就無趣。而且幾乎不吃巧克力的我，不僅害怕人家送巧克力給我，在臺北也沒有上街去欣賞巧克力的熱忱。但不曉得是因為旅行的輕鬆感，還是因為臺北情人節巧克力儘管精緻但欠缺驚喜創意的關係，現在我正興致勃勃地觀賞東京情人巧克力的賣力演出呢。難怪沒人理睬那個恐怖頭子賓拉登、或者那個以國際警察自居的美國到底要做什麼，反正人們無力干預，不如盡心過個以愛為名的情人節吧。

我故意在午休時刻再度回到巧克力賣場，不動聲色的廁身在只能用「兵荒馬亂」來形容的人潮中，穿著深色大衣、畫著完美彩妝的女子耐心的排隊等候。會來賣場買巧克力的大部分是有經濟能力的上班仕女（純情少女應該在家裡一面壓抑著撲通撲通的心跳，一面看著食譜，充滿愛意的親手調製情人巧克力吧），也就是說她們除了必須關心情人，還必須應付辦公室裡的男同事與長官，注重人際關係的日本社會，禮數周不周到攸關著個人評價，從她們臉上其實也看得出難為之處。包括疲憊的眼神（到底何時才輪到我啊）、揮筆計算的手指（要買幾份才夠呢）、頻頻地抬手看錶（下午的會議會不會遲到），結伴而來的看來比較輕鬆，嘰嘰喳喳討論的女聲填滿了擁擠的賣場。除了挑選禮物應有的雀躍心情之外，這些女子也多少加了點順應公式化節日的無奈吧。

我就這樣一邊觀察一邊猜想，但終究還是沒見到傳說中的巧克力。

回到地面後才知下雪了，陰鬱的溼冷天氣使寒風更加蝕骨，街上人們仍沉默無語的低頭疾走，臉上沒有表情也沒有光采。我也只是暫停一下，伸手接一接東京不常下的雪，如此而已。可是就在那一瞬間，我彷彿有點明白了那熱烈過著情人節的心情。

當前方有戰事，天氣如此寒冷，日子緊張忙碌、一成不變卻又不容停頓的時刻，說是商業炒作也好，說是被傖俗的團體行為制約也罷，能躋身在人潮裡「隨波逐流」，感受到彼此的體溫，享受著挑選巧克力的話題，就能記得人性裡存有的暖意。因為，至少還能有贈送巧克力的對象啊，管他是情人、兄弟、同事或老闆。

如此想來，這體貼男性、增進職場和樂、讓女性為了買巧克力而疲於奔命的日本情人節，倒有幾分提昇小愛為大愛的味道了。

風雪兼六園

冬天不要去日本海。我聽到這樣的忠告。因為在冬季，那裡只有風、只有雪，還有，風和雪。

但是曾經歷過北海道大雪的我，對於這些是不以為意的，所以阻止不了前往裡日本一探純樸民風、以及兼六園覆雪美景的決心。

在 **JR** 西日本超級雷鳥號快車還未通車前，不管從關西或關東地區前往金澤都是路途遙遠的。儘管已有心理準備，從東京出發後，轉了幾趟車，在途中仍覺時間漫長而難耐，黃昏抵達金澤市時，身心都顯露了疲態。只是金澤出人意外是個好天氣，夕陽的餘暉映著略有水氣的地面閃閃生光。我決定打起精神，立刻前往兼六園，怕明日若是颳起風雪，便寸步難行了。

兼六園顯然是金澤最重要的地標，無論車站、馬路、地圖上隨意可見兼六園的介紹，初來客很快就能抵達這個名園。

也許是天氣好的緣故，儘管已將至關園時刻，陸續入園如我者依然不少。費盡精神氣力後終於要走入這個建於江戶時代，兼具寬廣、幽邃、人力、蒼古、水泉與眺望等六項特色的迴遊林泉式庭園，我不禁有些興奮。

而隨著步伐逐漸踏進園區後，對於映在眼前的景致，又怎麼說呢？也許是因為事先有了過多驚為天人的想望，所以在看過後就只有一聲「哦」作為評語。

沒有春天的粉櫻，秋天的楓紅，如果再沒有冬季的大雪，兼六園只剩寒天裡的荒涼景致。著名的「雪吊松」看不到，覆有厚雪的「徽軫燈籠」看不到，不禁令人覺得乏味起來。

反而期待風雪的到來。原來金澤冬天的風雪是不可缺少的，如果沒有風雪為什麼要來這裡呢？所以當天空開始飄雪的時候，我的心中毋寧是有些興奮的。

下吧下吧，我在心中說。最好將冬天的雪一夜落盡，讓我在離去之前能對照手冊圖片去映證美景。

日本海沿岸城鎮迎著海風，加上漁船，泛著古樸與哀愁的氣氛，即使是有「小京都」之稱的金澤市，入夜後同樣是蒼茫空寂。我在風雪中早早回到旅館，靜待明日的兼六園。

梳洗後觀看氣象報告，發現預報圖上金澤出現了兩個小雪人，旁邊還有一支傘，並雪花簌簌。而北海道的札幌也不過是一個雪人而已，心裡頗滿意，覺得這雪該足以裝扮園景了吧？遂安然就寢。

如果說，札幌的雪是小雪人撐著小傘緩緩下降來玩耍的話，那麼金澤的雪大概就像是它們初次玩高空彈跳時的驚慌失措、驚天動地吧。其實下雪尚可，有風就壞了。那雪勢，該怎麼說好？夾雜著強勢的風力，四面八方呼嘯而至，打在傘面上崩崩作響，彷彿急叩門不應，便要穿傘而入，令人心驚。天空是暗的，陰陰沉沉訕笑說：雪還要下，還要繼續地下。

我坐在車上，開始恥笑自己昨夜的天真，上天果然應驗了我的心願，但有誰會在這種天氣一遊兼六園？

可是我還是前去了，因為是最後一日在金澤，冒著風雪也要去的。園中的遊客只有我們，頸間胡亂纏著大圍巾，瑟縮在大衣之中，任長髮在臉頰亂舞亂爬。手緊緊抓住相機，舉步維艱地開始遊園。此情此景想來真是荒唐。

園中遊人雖稀，卻時時有工作人員辛勤梭巡的身影。他們戴著雪帽，披著一式的雨衣，身手俐落的工作著。大部分是忙著將積雪齊齊掃入樹下草地，讓它們逐漸堆成綿厚的雪被，既清出了通道也成全了園中造景。我這才恍然覺悟，光是有雪也還不成

正在下雪的金澤兼六園，天色非常晦暗

景的，必須有這些「化妝師」，才能將雪一一放在「正確」的位置。

遊客在園中簡直是個異類，工作者不時抬頭看看我們，在風雪不減的半空中對我們微笑，甚至當他們忙碌地拖著雜物經過時，還搓手呵氣說道：「真是辛苦了喲，在這種天氣裡！」聽得我啼笑皆非，心中卻有暖意。

終於「盡責」完成兼六園的遊程後，搭車返回車站。車行逆風，雪粒竟如砲彈，小而堅實、勇往直前地朝車體攻擊著，車前雨刷奮力應戰，唰唰急響。安穩坐在車內的我，手持柔弱的臺灣小型傘，不禁憂心忡忡。

這風雪真是名不虛傳了，切不可與晴空飄雪的浪漫相提並論。始知昨夜預報圖上兩個雪人加一支傘的厲害。

到了站，迅速溜進地下廣場，在寬闊的賣場裡瀏覽各式特產，包括食物、加賀友禪、金箔、九谷燒，在暖黃的燈色下，滿目繽紛。對剛自風雪肆虐下逃脫的軀體來說，真是溫馨豐足得令人感動。

品嚐與觀賞之餘，外頭惡劣的天氣仍不時浮現腦中。

這種天氣大概要佔據日本海地區多數的冬季吧，在這樣的氣候下工作會特別專注嗎？我想起剛剛兼六園工作者的笑臉，便知風雪之於我們只是過客，卻是此地人的「生活」，喜怒哀樂都且隨它。

沒有雪的兼六園，看不到冬天的美景；有雪的金澤，真正是寒風「刺」骨；但此地的雪終非為討好觀光客而存在，有雪無雪，都是金澤，都是有兼六園、九谷燒、加賀友禪，有堅毅工作著的人們的金澤。

冬天要不要去日本海？我也不知道。

我遇見了狂暴的風雪，沒看到兼六園的最美，失去了最初的期待。但不知為什麼，心中沒有一絲遺憾。

大雨的維也納咖啡

雨下不停，我們被迫滯留在林間的用餐小店，無法前去大路搭車。

我不知道大家的心裡怎麼想，我內心卻有鬆了一口氣的快樂。在飯後的此刻，我原本就不想匆匆離開前往下一個行程。

這是奧地利山區（應該有個響亮的名字，但那對我並不重要）的湖濱餐廳。如果沒下雨，我們是要在湖邊露天區午餐的，用餐後會前往碼頭，搭船到湖的對岸。這些天來，諸如此類已經計畫好的行程讓我有種缺乏想像力的不耐，雖然這是在隨團旅行前早就有的心理準備。所幸團員的素質令人安慰，也沒有聒噪不堪的領隊，就像被迫滯留的此時，大家都微笑閒聊，平心靜氣地享受著這場山區大雨。

這幾天我們走過奧地利許多知名的景點，大部分當然還是跟隨著音樂家的步伐：參觀約翰史特勞斯紀念公園、拜訪貝多芬森林裡的作曲名所、然後踏著嘎吱作響的舊木板地走進莫札特的故居、接著橫越廣場爬到薩爾茲堡去聽演奏會（場中遊客有一半的人睡著，還有韓國男人脫了鞋子將腳搭在前座的椅背下）。整個城市遊客何其多，和音樂家生前的心靈寂寞非常不搭，我幾乎看見他們會對這樣身後的熱鬧擺出睥睨的態度——至少我想我會這樣。

領隊說能在夏季來訪真是好，曾經在冬夜去薩爾茲堡聽音樂會，廣場一片白茫茫大雪，四周遑說市集了，居民門窗緊閉連燈都不肯留一盞，大家只能默默在荒肅的雪地上趕路。天知道我聽到這樣的景況有多羨慕，以創作者面對創作者，我討厭在人人稱說最好的夏日來到維也納。

連喝咖啡都有點臺北星巴克的味道，因為前後左右都是同胞，很擔心忽然就聽見臺北的人際八卦，或是不同的旅行團成員開始七嘴八舌的交換意

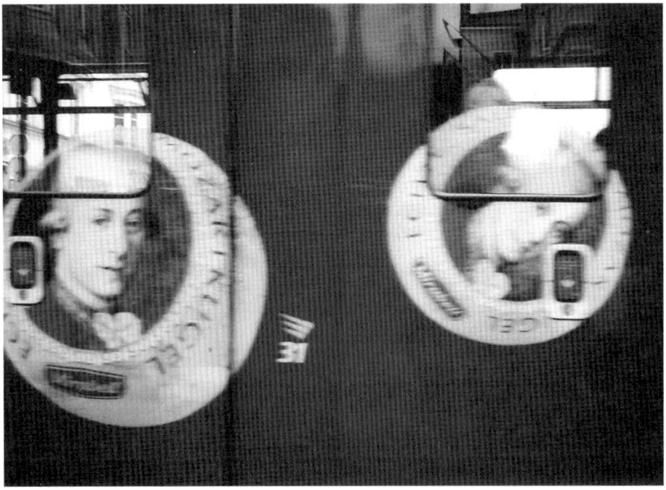

莫札特已成為奧地利的標誌，他的肖像、巧克力、音樂會、各式各樣的紀念品，一年到頭無所不在。維也納街頭的電車也背著莫札特的「圖騰」行走著

見並互相比價，雖然這也算是一種趣味，但總覺不太符合在維也納街頭坐下來喝咖啡看人的頻率……。

湖畔餐廳的維也納咖啡

現在在等待雨停的空檔，大家自然地點了咖啡，一桌接著一桌，一時間，小小吧檯上的汩汩咖啡香，夾雜著酒精壺中的熱氣瀰漫整個小店。襯著雨聲，我終於有機會和朋友啜著維也納式的咖啡細細閒聊，似乎沒人在意是否會誤了之後的行程，或者「損失」了什麼。不知大家是否也和我一樣，覺得這一刻自己才忽然「活」過來，不像總是戰戰兢兢要打包好、迅速安置在快遞貨車上，準時從甲地使命必達送至乙地的珍貴「人貨」。

雖然極少參加團體旅行，但我對這個旅行團和這個國家的景致是沒什麼抱怨的，只是一路來的確燃不起太多旅行的熱火。

卻就在暫歇喝咖啡的這瞬間，我忽然意識到這也許是因為自己不再喜歡「旅行」了——如果旅行的外在意義奠基於對異文化的追索與好奇的話。

我不再有興奮的追索也不再好奇，不介意看到什麼不看到什麼，就像有些臺北人一輩子極少、或沒去過龍山寺故宮博物院淡水紅毛城，但還是典型的臺北人一樣，我希望自己至少能當一天這樣的維也納人，即使用掉短暫旅程的寶貴時光也無妨。

原來，我想要的是「生活感」，而不是「旅行感」。

因為這樣的發現，後來乖乖當一名快遞包裹就有一種認清事實的無所謂了。儘管十二天的旅程現在對我只留下像風景圖片般的虛幻記憶，但至少我還擁有那個維也納咖啡的真實午後。

大雪

身在炎炎夏日中，不由便要想念起冰雪的冬季了。

在臺灣，自然是毫無冰雪的記憶。

但是未曾見雪國的冬季，竟是我為別人感到最遺憾的事了。

那晨醒來，札幌街道雪已大約至膝。天不過剛亮，還未見有人來清掃，街道亦寂靜無人。暫時忘記雪的溫度，一時間倒覺雪的柔軟像是天降的棉絮，靜靜的陪著這個城市的安眠。

不過是昨午的事，我們正坐在薄野街店吃著拉麵，熱氣將窗玻璃暈成薄霧，四周盡是當地人暢快的吃麵聲，呼嚕呼嚕。而雪花就這麼無聲無息的從窗外掠下了。那些小白點很快的就從單槍匹馬匯聚了成群結隊的聲勢。在札幌的冬季，整個城市彷彿便是雪的遊樂場。

下雪比起下雨顯然是和氣多了。雨總像是無端鬧起的脾氣，罵街似的稀瀝嘩啦，非逼著人也跟著一起心煩才甘心；雪卻總是躡手躡腳的來，像一群打扮乾淨整齊的小雪娃娃，撐著一支支的降落傘飛到人間玩耍。

但對於習慣南國陽光的我們，這氣候教人過癮的卻不止於此。撐傘其實無用，或用寬圍巾，或戴上溫暖的雪帽吧。而雪像頑皮的小孩，人一現身就不由分說的黏膩上來，只瞬時，肩上頭上便忽忽疊成一絡小雪丘。匆匆跑至廊下或地道口的人們都迫不及待的拍起雪來，深怕雪成水後傷了毛呢衣裳。遠遠看，只見每個廊口的人們都揮舞著拍肩撥首、幾近整齊劃一的手勢，襯著整片迷茫的雪色。

而我們也總是在快快過街到廊下後，便跟著大夥兒一同拍雪。不同的是，當地人拍雪只是慣例，我們拍雪拍出的是嬉耍般的興高采烈。拚命的、盡情的拍，雪在此地不是奢侈品，不用捧在手掌心玩，更無須照相存念，是要用力的拍呀，像是要板著臉孔甩掉黏人的冤家似的，有點惱人又有點心喜。

從細雪到傾盆大雪，我們都在一個廊口一個廊口之間徘徊，直到大街都已冷清，剩下晚歸的人立起衣領埋頭急走。這時賣烤番薯的小車便悄悄的停靠在路口，點一盞暈黃的燈，豎一支寫著「やきいも」的旗子，在空中飄散起嗚嗚的蒸汽笛聲；雪依然無聲的落下，大地已鋪成雪白地毯。整個場景就像一場電影的現成結尾，溫馨、安詳，「THE END」的字樣緩緩升起，無須再添蛇足。

鏟過雪的街道兩旁有驚人的積雪，有些勉強清出的小道，走在其中竟若身處雪砌的壕溝。

按著路邊地圖的指示，大約十分鐘的腳程我們可以到達札幌的古啤酒廠，運氣好的話，也許能在冰天雪地裡免費品嚐一杯雪國最好的啤酒。

在上班時分裡像我們這樣的閒人實在是太少了，多數的人都自身旁急速擦身。我們愈走離市中心愈遠，積雪愈深，即使是鏟過雪的路面也看不到原有的柏油地。但是古啤酒廠的蹤影渺茫，路標也不見了。

「請問您知道這個地方嗎？」我傾身詢問路過的年輕夫婦。

「是古啤酒廠嗎？」那太太反問我，露出疑惑的表情。回頭與先生私語一番，之後竟從衣袋中拿出一本旅遊手冊。

我大吃一驚問道：「不是札幌人嗎？」

「啊，不是的。」她笑道。

原來他們也是札幌的遊客，來自雪國裡的一個小鎮，因為先生放假來一日遊的。

而在他們手中的旅遊介紹裡根本沒有古啤酒廠這個點。

看來是有點問道於盲了。

「為什麼要去啤酒廠呢？」他們卻顯得興趣盎然。

就在大雪過後的街上，一邊走著，我一邊翻看著臺灣帶來的旅遊手冊說著古酒廠的種種。四個人一路辨識著路標一面聊天。那先生有些靦腆，太太卻很健談，說這樣的大雪對他們而言是司空見慣了，對我們該是又新鮮又困擾吧。這時我們正走上天橋，從階梯蔓延到橋面的雪早已成堅硬透明的冰，只見他們穩健前行，我們腳踏雪鞋，緊緊圈住欄杆，仍然止不住腳滑，身子彷彿就要落下，上下一回，竟如攀爬一座冰山。

終於抵達酒廠時，疑見大門深鎖。攔住外頭的工人一問，卻說是整修期間暫時關閉。無怪乎這一路上人跡稀少吧。而費盡力氣走來的我們站在雪地上忽地便愣住了，在轉身互望時幾乎同時像大呼一口氣般地迸出一聲：真遺憾啊！之後便忍不住笑起來。

那麼就分手吧。我們將往北海道大學，他們正要去時計台。在雪地裡目送他們不時回首的身影，想著方才那短暫的邂逅，竟是遠從南國來的我們領著家在雪國的他們前往一個僅有文字說明的勝景，實在奇妙極了。這一想，便覺那啤酒廠的關閉雖有些掃興，但卻分明有著神來之筆，像是特別配合我們的巧遇而來的，一個完美的結束。

沒有喝到啤酒，我們自己釀一杯人間風景吧。

「讀到川端死的那一剎那，外頭正下著大雪，我抱著膝蜷在窗口看紛飛的雪，覺得自己也就快要跟著一塊兒死去了。」

朋友回憶著求學生涯中最孤寂的時刻，如是說。

而我卻從她語意的營造裡，見到了一種淒美意象。就像是寶玉說「白茫茫落了片大地真乾淨」吧，將賈府情仇一筆勾銷；冰潔的雪似乎正宣示著一種淨身般的滅絕。一切都在雪的覆蓋下死去，但一切也都將在雪的掩護中重生。

朋友在大雪的孤冷後，終於換川端的死為自我的提煉，順利的學成返鄉；而據說在這季的大雪過後，此處立刻便是最美與最好的牧場了。冰封與冰釋在同處育成了兩種世界，但相同的迷人。

離開札幌的時候是晴天，可是我在瀲灩流陽之下仍置身於逼人迴目的雪光中。晴天的襯底裡，沒有如蝶之繽紛的花傘搖曳，卻彷若襯出了大雪之下隱隱躍動的生機，不知是因陽光的本身就帶有這樣的訊息，抑或是看似冷寂的雪其實本有著溫柔的魔力。

感染著這樣乾淨溫柔的魔力回到潮溼溽熱的南國後，幾乎就要罹患水土不服的病症了。

特別是在這個人心日益暴躁的城市裡，一擦身，盡是溼黏的汗液混雜著瑣碎的啐罵聲；不然，便是大雨滂沱也沖不散的酷熱，擠身在百味雜陳的公車上，面對著許多張翻起白眼的臉。

如果有雪，會不會好一些呢？

是不是因為一切都太混亂了，人們許久找不到清掃自己的空間，所以已視塵埃的堆積為理所當然。

假使有雪的冰封，萬事被迫停頓，所有的安靜是不是心靈最好的清潔劑？所以會常常念起：那雪夜裡賣烤番薯的嗚嗚汽笛，以及足沒雪地的大街上，互道珍重的不期而遇；正處於臨界點的身心彷彿便掃過一陣清涼。但說什麼也無法奢望它能搬回名為故鄉的南國裡來重演；是對此地的氣候太了解，同時也對此地的人心太清楚了。因為太清楚，有時只剩下無奈的沉默。

而大雪啊，大雪裡的種種；之於我，正如落塵沉澱於礬石上，在曾經滄海的心田，逐漸生起朵朵的白蓮花。

盛暑京都的午後大雨

始終無法喜歡夏天。特別是在悶溼的天氣裡，想想看：中暑、汗臭，以及食物發酵的酸味，很難是美好故事的開端。

但是我卻選擇了這樣一個季節又來到京都，還碰到日本多年難見的酷暑。找不回一絲絲上次在細雪中造訪金閣寺時的靜寂，在過多的遊客與建都一千兩百年的喜慶之下，躁鬱的空氣中更夾雜了一種浮動不已的氣氛，我無法掩飾的感到些微失望。

然而還是要興致勃勃的走著。我在地圖上圈選著一天之內能負荷的觀覽地點：洛西的金閣寺、左京的銀閣寺、東山的清水寺，再加上祇園，或者沿著哲學之道慢慢從銀閣寺回頭走到京都大學吧。

後來才知是高估了自己的體能。

從金閣寺搭車趕往銀閣寺的時候，已經汗溼衣衫，步履更顯蹣跚。漸漸能體會熱帶地區的人們為何總是看來萬分慵懶，實在是因為高溫透支了人的體力，即使想精神抖擻也是不容易的。就如同此時，往常步行一個下午也無妨的自己，面對著眼前綠蔭已成拱門般覆罩的哲學之道，竟因為看不見路的盡頭，雙腿便忽然乏力了。

不知是對自己懊惱還是怎地，我沉默的、有些不快樂似的，拖著步伐邁入銀閣寺，坐在銀沙灘前的木亭臺階歇息，四周無風，只任汗涔涔下，而天色卻忽忽地陰了，襯得庭中遍植的松樹更加蓊綠，看來會有一場午後陣雨。

走不到京都大學了。我在心底對自己說，帶著一種如釋重負卻又悵然若失的複雜情緒。

站在站牌下等車的時候，才真正發現盛暑的京都是如此熱鬧，到處都是背著旅行背包的自助遊客，金髮碧眼的年輕旅人大概都選擇了夏天來拜訪心目中的日本京城吧，而長者般的京都也在夏日回應以年輕的熱情，到處有著大大小小的慶典活動。方便取得的旅遊資訊上，排滿了每一天的節目，彩色印刷上盡是夜間的五彩煙火與仕女們華麗的和服小扇。所有的人事物看起來都比我有活力多了。

不久就有稀疏但結實的雨滴從天而降，熟悉夏季午後對流雨的我們心裡有數，傾盆大雨即將到來。

「取消清水寺和祇園的行程吧。」朋友對我說。

「好。」我不假思索的回應著，彷彿鬆了一口氣。

即使如此，看見街上掛有「祇園」牌號的巴士快速縱橫時，心裡還是嫉妒得不得了，已搭上往京都車站方向的巴士之後仍要頻頻回首，想像著祇園的特殊丰姿。只是，若要我真正下車回頭去一趟，於體力上又彷彿是無法的。

就這樣，精神與肉體拔河著，隨著巴士駛往京都旅程的終點。

半路上就真的下起大雨了。窗玻璃立刻模糊一片。透過水柱的隔離，看見京都街道的色彩全部如長毛般地渲染開來。特別是在最熱鬧的河原町街上，店家展示的和服布料、腰帶、羅扇、絲絹手帕琳琅的排開，加上躲入走廊逛街的遊客，本地與外來的、金髮與黑髮的萬頭攢動，還有撐在手上似乎有百種色彩的傘，通通融入雨中成為迷濛而繽紛的景致。

「若一會兒雨停了，我們就在東本願寺下車。」我忽然這麼對朋友說。

東本願寺就在京都車站前不遠，在京都眾多的名剎古寺中不算很起眼，倒是因為它地點近、占地廣，又免收費，成為臺灣旅行團經常惠顧之地。而此刻的我，是因為不願就此離開京都，自然而然的便想起了這個地方。

也許是大雨剛過、或是時近黃昏的緣故吧，街上已少遊客蹤跡，只有在地行人零星的走著。被雨沖刷過後的泥土，在空中散發著濃厚的青草味。我再度嗅出了存在記憶中的，那種屬於京都特有的閒散、優雅的氣氛。

東本願寺是我在京都到過唯一可以讓人如此自由進出的寺廟，只要在階下脫了鞋，無論走廊、殿內都可安靜而隨興的參觀。整座寺廟是木造的，正殿與偏殿之間有迴廊連接，而殿內鋪的是榻榻米，無論內外都不時有人勤於擦拭與打掃。殿門在午後五點關閉，但是殿外迴廊階梯仍任人走動歇息。走了一天路的雙足，因為除去了鞋的束縛，顯得輕鬆極了。在潔淨的木板地上穿梭著，彷彿回到在阿公的日式房子裡嬉耍的兒時暑假。

寺內屋頂很高，寺外庭園寬廣，雨後的風源源不絕的捲入寺內，十分涼爽。現在心情極好，根本捨不得離開。

我們沿著迴廊走到殿後，赫然發現有人當路躺下，舒服的睡起午覺來。看來是自助旅行的外國學生，自顧自地只管七橫八豎躺著。我們不禁相視一笑，心想他們大概與我們一樣，在溽溼而高溫的天氣裡走了一天，都累壞了。而此處，是多麼理想的休憩地啊。

天色還是很陰，看不到日夕的紅霞，恐怕雨還是要再下一場。所以風愈發的清涼了，一陣一陣的拂進廊下。坐在正殿前的木階上，衣衫都飄飄然的揚起來。然後雨就呼一陣地來了。將鞋子用塑膠袋裝著放好後，我們就從臺階一直往上退，最後在殿門前坐定，悠閒的看著大雨滂沱，四周瀰漫著水氣。像這樣在東本願寺休息的人並不只我們，大家或倚或靠，沒有人因這場大雨而顯露出焦急不安的神色。

慢慢的，就地臥下的人愈來愈多了，彷彿像在自家後院般的輕鬆。我看著看著，感染著這樣的氣息，也顧不得什麼淑女守則，身子往下一滑，便平躺在木板地上了。躺下了，是另一番海闊天空的感覺，覺得京都的天空是自己的，覺得這閒散的氣氛是自己的，覺得家就在附近，待會兒可以散步回去。

這時刻，方才在豔日之下的煩悶與懊惱才全然消失，用悠然的東本願寺一場大雨換祇園藝妓一番風采，縱是無法相提並論，但也不冤枉了。

雨後的天色就真的要變黑了。京都的夜迷人之處不在霓虹燈影的燦爛，而是彷若舊市集般的溫馨熱鬧，特別是十分重視衣著的京都婦女，往往帶著和服的風華妝點著市街。

重新穿上了鞋，走在路上，是另一番心平氣和的表情。回頭看看東本願寺，高大的路樹在大門前微風搖擺，襯得寺院或隱或現。我忍不住想像，如果能在盛暑的午後，帶著書、赤腳靠坐在大柱旁，就著東本願寺的風，懶懶的讀著，該是如何的享受。

我仍然無法喜歡夏天。但在離開京都的時候，我知道自己從東本願寺找到了一個解咒的密碼。因為如此，我開始樂觀的相信，也許還有一個、兩個、更多的密碼，藏在夏天的秘密花園裡。於是，發現的人就在酷日裡快樂的手舞足蹈起來。

【096】

兩　地

林海音　著

本書為林海音最早期的作品，也是最重要的作品之一。當她客居北平時，遙想故鄉臺灣的人事；回到臺灣後，又懷念北平的一切。對這兩地的情感，釀出一顆想念的心。這是林海音最喜歡的兩個地方，所以她寫下那一滴一點的滋味，永遠永遠地記著這生命中的兩地。

【109】

河　宴

鍾怡雯　著

●民國84年金鼎獎優良圖書推薦

《河宴》收錄了鍾怡雯大學時期所有得獎作品，是她的第一本散文集，是她自我成長經歷的「交待」與「總結」；作家的第一本書，往往是最純粹、最能見其創作初心。鍾怡雯的散文創作，其特色在於她說故事的方式；在散文的經營上，她總是讓人驚喜。

【194】

波西米亞樓

嚴歌苓　著

嚴歌苓第一本散文集。通過在異國相遇的個個人物，以及「波西米亞」樓中的房客們，展開作者對美國社會、人情、倫理、文化及社會心理的理解而這理解，往往是以不理解去穿透的……

【232】

懷沙集

止　庵　著

逝去的生命常會泛起我們記憶的漣漪；「懷沙」，正是作者對於已逝的父親，詩人沙鷗先生的一點懷念。誠如作者所言：「當生命結束，才華就是生命唯一的延續。」作者透過對父親詩集的細細咀嚼，娓娓道來他對父親深深的思情。

【文學 004】

你道別了嗎？　　林黛嫚 著

●民國 94 年中山文藝散文創作獎、聯合報讀書人書評推薦

你知道每一次道別都很珍貴，你無法向那些不告而別的人索一句再見，但是，你可以常常問問自己，你道別了嗎？作者在這本散文集中，除了以文字見證生活經驗之外，更企圖透過人稱轉換造成距離感，以及小說化的敘事筆調呈現散文的瀟灑文氣。

【文學 005】

源氏物語的女性　　林水福 著

一本將《源氏物語》普及化的讀物。除了介紹《源氏物語》的相關知識外，更細膩刻畫了其中 19 位重要的女性，從容貌、言談、舉止到幽微的情感和思緒，讓我們彷彿在觀賞 19 幅的女性素描畫像，她們的喜和怒，樂和怨都深深牽動著我們的視線和情緒。

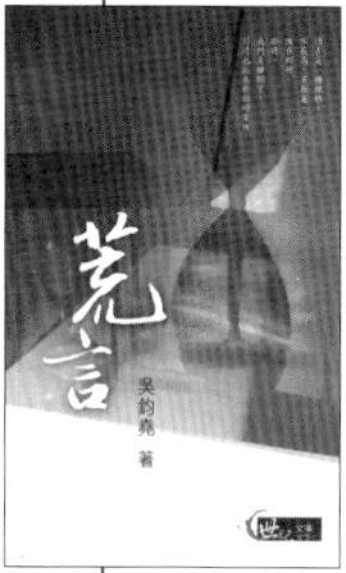

【文學 007】

荒　言　　吳鈞堯 著

●中國時報開卷書評推薦

當時間緩慢而堅決地自生命的罅隙滲漏流逝，記憶如沙堆疊、崩落、四散。作者將凝放在時空裡的過去，收拾成一篇篇記錄自我生命軌跡的「隻字荒言」，面對著一切的終將消逝，「我們何其淺薄，又何其多情」。唯有在對逝去歲月的眷戀凝視中，才能把告別的哀傷，化為一股持續奮起的力量。

【文學 012】

客路相逢　　黃光男 著

里爾克 (Rainer Maria Rilke)：「旅行只有一種，即是走入你自己的內在之旅。」本書作者具有畫家和作家兩種身分，他以畫家的心靈寫出他的旅遊見聞和感懷，因此，書裡所呈現的彷彿是一幅幅以沾著詩意的文字所繪成的畫作；是視覺和心靈的遊記。你渴望不一樣的旅行嗎？翻開本書，開始踏上旅程吧。